사령왕 카르나크 7

2023년 12월 15일 초판 1쇄 인쇄
2023년 12월 20일 초판 1쇄 발행

지은이 임경배
발행인 강준규

기획 이기헌 왕소현 임동관 박경무 강민구 조익현
책임편집 백승미
마케팅지원 이원선

발행처 (주)로크미디어
출판등록 2003년 3월 24일
주소 서울시 마포구 마포대로 45 일진빌딩 6층
Tel (02)3273-5135 Fax (02)3273-5134
홈페이지 rokmedia.com E-mail rokmedia@empas.com

ⓒ 임경배, 2023

값 9,000원

ISBN 979-11-408-1407-7 (7권)
ISBN 979-11-408-1400-8 04810 (세트)

사령왕
카르마크

7

임경배 판타지 장편소설

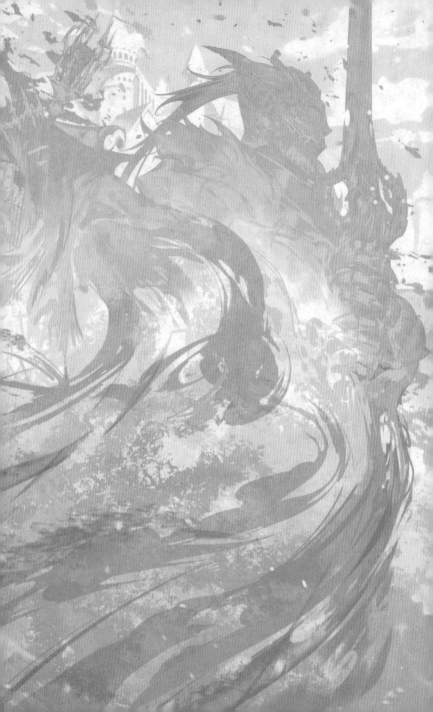

CONTENTS

에트리얼 왕국

오래전부터 통일되어 있던 라케아니아 제국과 달리 대륙 서쪽은 부족국가 단위로 흩어져 살며 독자적인 문화를 형성하고 있었다.

시간이 지나며 부족국가들은 이합집산을 거쳐 거대한 다섯 세력으로 변해 갔으니, 이것이 5왕국의 탄생이었다.

펠마이어, 타룸, 에트리얼, 리파울, 알테일.

이 다섯 왕국은 때론 서로 손잡고 때론 서로 싸우며 국력을 키워 갔다.

서쪽의 세력이 점점 커지니 라케아니아 제국도 그냥 두고 볼 수만은 없었다. 점점 충돌하는 일이 잦아졌다.

이에 서로 싸우던 다섯 왕국이 연합을 이루어 제국에 대항

했다.

라케아니아 제국 역시 유스틸과 아트링겐 가문을 변경백으로 임명해 서부를 견제했다.

그런데 오히려 이것이 화근이 되었다. 두 가문이 제국을 배신하고 독립국을 선포한 뒤 서쪽에 붙은 것이다.

5왕국 연합 역시 7왕국 연합으로 바뀌었다.

이후 라케아니아 제국과 7왕국 연합은 오랜 시간 복잡한 관계를 유지하고 있었다.

제국이 강성할 땐 7왕국 연합이 필사적으로 저항하고, 제국이 약해질 땐 오히려 역습도 행하며, 서로 비슷할 땐 우호적인 분위기를 유지하기도 하는 관계.

그 7왕국 연합의 중앙에 에트리얼 왕국이 위치해 있었다.

국가적인 지위가 중심이 아니라, 지리적으로 중앙이란 소리다.

에트리얼 왕국은 7왕국 중 제일 작고 가난한 나라였다.

내륙국이라 바다가 없다는 게 첫 번째, 마물들이 자주 출현한다는 게 두 번째 이유다.

물론 대륙 어느 곳이건 마물은 자주 출현하지만 이 나라처럼 전 국토에 골고루 퍼져 있는 경우는 없었다.

영토 중앙에 위치한 우뚝 솟은 할세이어산과 주위를 둘러싼 거대한 칼렌타 수림, 내해라고까지 불리는 거대한 호수 데스펄까지.

나라 전체가 산악과 숲과 호수로 이루어져 있다.

농사를 짓기도 힘들고, 마을을 조금만 벗어나도 사방이 위험으로 가득하다.

워낙 마물들이 살기에 천혜의 조건인 것이다.

엄밀히 말하면 애초에 마물들의 주 서식지였던 곳에 인간들이 억지로 들어앉은 경우지만.

온갖 마물 헌터와 고대 유적을 찾는 트레저 헌터가 이 땅으로 모였다.

이들을 상대로 서비스를 제공하고, 이들이 취득한 유물들을 유통하다 보니 상업이 발달하게 되었다.

그래서 에트리얼 왕국의 별명은 모험가의 나라였다.

수많은 모험가들이 한탕을 노리고 이곳에 모여들고, 그들을 상대로 또 한탕을 노리며 수많은 상인들이 모여든다.

대수림 칼렌타의 가장자리에 위치한 웰라드 시티 역시 이런 개척과 교역을 중심으로 융성한 도시.

오늘도 시내는 온갖 외지인들로 북적대고 있었다.

그리고 그 속에는 이제 막 이곳에 도착한 카르나크 일행의 모습도 있었다.

＊

개척 도시 웰라드는 몇몇 신전과 감시용 탑을 제외하곤 대부분의 건물이 목조였다.

무수한 통나무 건물들 사이에 놓인 큰길을 지나며 카르나크는 옷깃을 여미었다.

"으, 춥다."

한겨울치곤 꽤 따뜻한 날씨였지만 그래도 한기가 스며든다.

실제로 아직 한낮임에도 도시 곳곳에서 연기가 피어오르고 있었다. 열심히 난방 때고 있다는 증거였다.

주위를 둘러보며 바로스가 말했다.

"여관부터 잡아야겠네요."

밀리아가 물었다.

"스타르 경과 접선부터 해야 하지 않나요?"

카르나크 일행은 어디까지나 유스틸 왕국의 킹스 오더다. 남의 나라에서 멋대로 활동할 순 없다.

그래서 미리 연락을 취해 에트리얼 킹스 오더의 협조를 받기로 약속하고, 그 일원인 스타르 팔론이란 자와 이곳에서 만나기로 한 것이다.

"스타르 경이라…… 강할까요?"

세라티의 의문에 카르나크가 시큰둥하게 대꾸했다.

"모르지."

솔직히 말하면 강하건 말건 별 상관없었다.

어차피 무력은 모자라지 않다. 정치적 문제로 협력한 것뿐이다.

그냥 길 안내 정도만 잘해도 충분했다.

"오늘 만나기로 한 건 맞는데 저녁까지 시간이 많이 남았
네."

바로스가 입맛을 다셨다.

"기다리면서 밥이나 먹죠, 동네 구경도 하고."

카르나크도 눈을 빛냈다.

"좋지. 이 동네는 뭐가 맛있으려나?"

밥 먹잔 소리에 밀리아가 눈을 반짝반짝 빛냈다.

그녀도 이젠 아는 것이다!

7대대에 전해지는 카르나크의 전설을!

－굳이 비싼 거 사 달라고 조를 필요도 없어!

－그냥 지역 명물이 뭔지 조사만 해 놓으면 돼!

－그럼 대대장이 알아서 돈 펑펑 써 준다?

－아주 그냥 배 터지게 사 준다니까. 그것도 온갖 귀한 지
역 특산물을!

그녀는 선배들의 조언을 무시하지 않는 착실한 성품의 소
유자였다.

"웰라드 시티의 명물은……."

밀리아의 머릿속에서 자료집이 펼쳤다.

"염장 레몬을 곁들인 산양의 정강이찜과 타라곤 허브로 향을 낸 훈제 굴, 샬럿을 넣은 송어 타르타르라고 하더군요!"

카르나크가 눈을 흘겼다.

"사 달라는 소리지?"

"넵!"

밀리아뿐만이 아니었다. 라피셀의 눈동자 역시 기대감으로 빛나고 있었다.

초롱초롱 반짝반짝.

"……그래, 가자."

말 머리를 돌리며 카르나크는 잠시 고민했다.

맛있는 것 먹으러 가는 건 물론 좋다. 하지만 살짝 회의감도 들긴 한다.

'내 이미지가 대체 어떤 식으로 퍼진 거야, 이거?'

───※───

에트리얼 왕국은 지리적인 특성 탓에 사용하는 언어도 다양하다.

왕국 서북부는 유스틸과 아트링겐, 타룸 왕국의 이솔라어.

왕국 북동부는 펠마이어 왕국의 버나디어.

왕국 남부는 리파울과 알테일 왕국의 랄폰어.

여기에 오랜 전통을 지닌 7여신교의 켈틴어도 쓰인다.

웰라드 시티는 에트리얼 왕국 서쪽에 위치한 덕에 여전히 이솔라어가 통용되고 있었다.

여관을 찾아 짐을 풀고 말을 맡긴 뒤 카르나크 일행은 밀리아가 알려 준 음식점부터 찾았다.

그녀의 정보는 대단했다.

소개해 준 음식들 대부분이 카르나크를 크게 흡족하게 만들었다.

"아, 돈 쓸 가치가 있군, 이거."

특히 허브로 향을 낸 훈제 굴은 별미였다.

"이 동네는 바다도 없는데 왜 훈제 굴 요리가 명물이지?"

카르나크의 의문에 세라티가 피식 웃었다.

"내륙이니까 훈제 요리가 발달한 거죠. 바닷가였으면 생굴 먹었겠죠."

"아, 그렇구만."

바로스는 산포도로 빚은 술을 열심히 음미하는 중이었다.

"이 동네 술도 맛있네요. 몇 병 챙겨 놓을까?"

하지만 그러면 짐이 너무 늘어나 들고 다니기 힘들다.

아쉬운 듯 그가 물었다.

"도련님, 언제쯤 9서클 찍으십니까?"

"갑자기 9서클은 왜?"

"그래야 아공간 주머니 쓸 수 있을 것 아니에요."

"어허, 주인을 짐꾼으로 쓰려는 저 버릇없는 시종 좀 보소?"

뜨끈한 화로 앞에 모여 앉아 맛있는 음식을 나눠 먹으니 그것만으로 분위기가 훈훈해진다.

카르나크는 조용히 미소를 지었다.

'아, 좋구나.'

이런 소소한 일상만으로도 새삼 느끼게 된다.

싸늘한 텅 빈 궁전에서 홀로 왕좌에 앉아 온 세상을 차지해 봐야 아무짝에도 쓸모없다는 것을.

'힘을 포기하길 잘했지.'

그렇게 일행은 든든히 배를 채웠다.

그러고도 여전히 해는 중천에 떠 있었다.

에트리얼 측 킹스 오더와 접선하려면 시간이 많이 남았다는 소리다.

이를 쑤시며 바로스가 느긋하게 물었다.

"이제 뭐 할까요?"

세라티와 밀리아, 라피셀이 입을 모아 외쳤다.

"이 동네 물건 구경하러 가요!"

✳

웰라드 시티는 개척 도시이자 7왕국의 온갖 물건들이 오가는 교역 도시였다. 그 덕에 도시의 규모에 비해 고급스러운 물건들이 꽤 많았다.

정확히는 이곳에 잠시 보관한 뒤 다른 왕국으로 옮기는 와
중에 흘러나오는 물건들이었지만.

이번에도 세라티는 알뜰하게 쇼핑을 즐겼다. 그 와중에 카
르나크와 바로스를 챙기기도 했다.

"여긴 남성용 속옷도 품질이 꽹장히 좋네요. 펠마이어 왕
국에서 온 물건인가 본데요?"

세라티가 내민 속옷을 본 두 사람이 떨떠름한 표정을 지었
다.

"그거 굳이 사게?"

"속옷이야 대충 입고 다니면 되는 건데."

하지만 착용해 본 뒤엔 둘 다 태도가 바뀌었다.

"세라티, 내가 어리석었음을 인정한다."

"저도요."

이럴 수가! 좋은 속옷이 이렇게나 쾌적함을 주다니!

"왜 여태 이걸 모르고 살았지?"

"어, 알 일이 없어서가 아닐까요?"

항상 둘이서만 돌아다니다 보니 보이지 않는 곳까지 신경
쓸 여력이 없었다.

나중엔 아예 언데드가 되어 버렸으니 더더욱 신경 쓸 일이
없었고.

뒤늦게 아쉬움을 토로하는 카르나크였다.

"이럴 줄 알았으면 그렌탈 영지에 갔을 때 나도 엘프제 속옷 살걸."

세라티가 고개를 저었다.

"그건 무리였을걸요. 여성용밖에 안 팔았으니까."

하긴, 사내놈이 그 정도 가격을 주고 속옷 살 일은 어지간해선 없는 것이다.

물론 진짜 높은 왕족이나 귀족은 쓰시겠지만, 그런 분들은 보통 사람 써서 오더 메이드로 구입하지 길바닥에 나오진 않는다.

어쨌건 카르나크와 바로스는 매우 만족한 얼굴이었다.

세라티는 내심 뿌듯해했다.

'둘 다 좋아해 주니 다행이네.'

반면 밀리아와 라피셀은 미묘한 표정들이었다.

다 큰 사내 두 놈이 길거리 한복판에 서서 속옷의 쾌적함을 입에 담는 모습이 10대 소녀들에게 썩 유쾌한 광경은 아니다.

'아, 뭔가 부끄럽다.'

'그러게요.'

'모른 척하자.'

'넹.'

문득 바로스가 태양의 위치를 살폈다.

"그나저나 슬슬 접선 장소로 가야겠는데요?"

도시 중앙에 위치한 거대한 광장.

오가는 사람들을 살피며 카르나크 일행은 느긋하게 기다렸다.

그러던 중이었다.

20살 정도로 보이는 한 청년이 일행에게 다가왔다.

처음엔 그냥 지나가는 사람인 줄 알았다. 미리 들었던 스타르 경과는 인상착의가 전혀 달랐으니까.

그런데 일행에게 다가오더니 조심스레 묻는 것이다.

"실례합니다. 혹시 유스틸 왕국의 카르나크 남작님 되십니까?"

"저를 어떻게 아시죠?"

살짝 경계하며 카르나크는 상대를 살폈다.

진한 황갈색 머리칼에 초록색 눈동자를 지닌 잘생긴 청년이었다.

꽤나 유약해 보이는 인상이지만 몸은 제법 단련되어 있어 한가락 하는 전사처럼 보였다.

청년이 서둘러 말을 이었다.

"스타르 경이 일이 생겨 제가 대신 나오게 되었습니다. 여기 킹스 오더의 증거를……."

상대가 마법이 걸린 엠블럼을 내밀었다.

세라티가 미리 챙겨 놓은 증표를 꺼내 둘을 마주했다.

작은 빛이 잠깐 반짝이다 사라졌다. 마법에 의한 암호 코드가 일치할 때 벌어지는 일이었다.

요즘은 사교도의 첩자들이 하도 많다 보니 이 정도 보안은 필수인 것이다.

틀림없는 에트리얼 킹스 오더였다.

"확인했습니다."

증표를 도로 품에 넣은 뒤 세라티가 다시 물었다.

"스타르 경은 괜찮으신가요? 무슨 일이라도?"

"다른 임무 중 부상을 입었습니다. 한동안 거동이 불가능한지라 제가 대신 나온 것이지요."

"그렇군요."

킹스 오더의 임무 특성상 충분히 있을 수 있는 일이었다.

어차피 누가 나와도 상관없으니 신경 쓸 필요도 없었다.

하지만 카르나크와 바로스는 인상을 썼다.

'누구지?'

'어째 느낌이……'

분명 처음 보는 얼굴인데도 묘하게 익숙하다. 그런데 왜 익숙한지를 모르겠다.

바로스가 슬그머니 물었다.

"성함을 아직 못 들었습니다만?"

"아, 아직 제 소개도 안 했군요."

청년이 허둥지둥하며 얼굴을 붉혔다. 아무래도 꽤나 소심한 성격인 듯했다.

"에트리얼 킹스 오더 5대대의 레번 스트라우스라고 합니다."

순간 카르나크와 바로스의 안색이 딱딱하게 굳었다.

'레번?'

'레번 경?'

왜 익숙한 느낌이 드는지 알았다.

저 얼굴은 그토록 카르나크를 괴롭혔던 델피아드의 무왕, 레번 스트라우스의 애송이 시절 모습인 것이다!

'얘가 왜 여기서 나와?'

7왕국 연합의 각 나라는 저마다의 특성이 있다.

우선 가장 넓은 영토와 많은 인구수를 지닌, 그래서 가장 국력이 뛰어난 펠마이어 왕국.

북방 항로를 개척해 바다와 수운을 장악한 해양 국가 타룸 왕국.

가장 강력한 기사단을 지닌 알테일 왕국과 7왕국 연합의 곡창지대인 리파울 왕국.

유스틸 왕국과 아트링겐 왕국은 원래 제국의 영토였던 덕에 마법학계가 유독 뛰어나며 예술과 문물 역시 발달한 곳이다.

이런 다른 나라에 비해 에트리얼 왕국은 분명 최약체였다.

모험가의 나라로 불리니 뭔가 굉장히 활기차고 강렬한 분위기일 것 같지만, 따져 보면 이건 그냥 뜨내기들만 득실거리고 실속은 없다는 소리도 되는 것이다.

그럼에도 에트리얼 왕국이 타국에 먹히지 않고 굳건히 버틸 수 있는 이유가 있었다.

왕국의 수호자, 스트라우스 공작가의 존재 덕분이었다.

"스트라우스라니······. 그 스트라우스요?"

"무왕의 가문?"

세라티와 밀리아는 경악했다.

세상에! 스트라우스 공작가라니!

델피아드 지방의 패자이자 무왕 갤러드의 가문을 모르는 이는 적어도 대륙 내엔 있을 수 없다.

기억을 잃은 소녀가 아니라면 말이지.

"아시는 분이에요?"

잿빛 머리 소녀가 귀여운 표정으로 고개를 갸웃거렸다.

혹여 실례가 될까 세라티와 밀리아가 재빨리 그녀를 만류했다.

'아이고, 라피셀!'

'나중에 설명해 줄게!'

'……?'

레번이 씁쓸한 미소를 지었다.

"예, 무왕 갤러드께서 제 아버님 되십니다. 전 부끄럽게도 가문의 이름에 먹칠을 하고 있는 불민한 후손입니다만."

몸을 돌리며 그가 일행에게 권했다.

"거리에 서서 이야기할 순 없으니 우선 자리를 옮기시죠."

＊

라케아니아 제국은 강대하다.

영토, 인구, 국력, 문화 등 모든 면에서 7왕국 연합을 압도한다.

이는 시대를 상징하는 강자들의 존재에서도 여실히 드러나고 있었다.

당장 현시대만 해도 3인의 대마법사 중 2명이 제국인이며 4대 무왕 중 무려 셋이 제국의 영향력 아래 있다.

요정족의 엘프 대마법사 기옌 렌을 제외하면 인류의 강자들 중 절대다수가 라케아니아 제국 소속인 것이다.

반면 7왕국 연합의 강자는 델피아드의 무왕, 갤러드 스트라우스 1명뿐.

그렇기에 스트라우스 공작가는 에트리얼 왕국을 넘어 7왕국 연합 전역에서 존중받고 있었다.

단순히 상징적인 이유만은 아니었다.

스트라우스 가문엔 라케아니아 제국의 내로라하는 명가들조차도 감히 따라오지 못하는 엄청난 능력이 있었다.

이들은 무려 200년이 넘도록 꾸준히 무왕을 배출한 가문이었다.

세상에서 제일 힘든 게 자식 농사고 두 번째가 제자 가르치는 것이라는 소리가 있다.

그런데 이들은 자식을 낳아 제자로 키워 매번 무왕으로 만든 것이다.

솔직히 어마어마한 업적이라 아니 할 수 없었다.

그래서 이런 말도 존재한다.

델피아드의 무왕이 세계 최강의 검사는 아닐지도 모르지만, 스트라우스 공작가는 틀림없이 세계 최강의 검가라고!

'그리고 이자가 차대 무왕이란 말이지?'

눈앞에서 걸어가는 청년의 등을 보며 세라티는 새삼 감탄했다.

대단하다.

힘을 완벽하게 감췄다.

카르나크에게 미리 듣지 않았더라면, 그래서 상대가 미래의 무왕인 줄 몰랐다면 그냥 평범한 기사라고만 여겼을 정도였다.

[겉으로만 보면 오러도 각성 못 한 것처럼 보일 정도네요.

저 정도는 되어야 미래에 무왕이 되는 건가?]

레번의 재능에 세라티가 혀를 내두를 때였다.

[그게, 저도 아까부터 이상해서 계속 살펴보고 있는데요…….]

바로스가 애매한 표정을 지었다.

[어째 정말로 각성 못 한 것 같거든요.]

[네?]

안목은 여전히 무왕급인 바로스였다. 아무리 작정하고 숨긴다 해도, 아직 20살 언저리인 레번이 그를 속일 순 없다.

확실하다.

힘을 숨기고 있는 게 아니다. 애초에 숨길 힘이 따로 있지도 않다.

[이상하네? 이 인간 왜 이렇게 약하지? 진짜 레번 경 맞나?]

카르나크도 의아해하며 물었다.

[그렇게 약해?]

[네. 라피셀이랑 붙어도 지겠는데요?]

[비교 대상이 라피셀인 건 좀 너무하지 않냐?]

[음, 그러니까…….]

잠시 고민한 바로스는 카르나크도 이해하기 쉬운 비유를 들었다.

[데벤토르의 란돌프 기억하시죠?]

[응.]

[딱 그 수준이에요.]

[어, 진짜 약하네.]

그제야 이해한 카르나크가 앞서가는 청년을 요모조모 살펴보았다.

[얼굴은 분명 레번 맞는데.]

게다가, 어째서 이 자리에 있는지도 모르겠다.

[원래대로라면 갤러드의 후계자로 한창 수행에 몰두하고 있을 때 아닌가?]

[모르죠. 저라고 연도까지 정확하게 기억하는 건 아니니까요.]

그럴 수 있었다.

이들이 기억하는 시간대가 레번의 '젊은 시절'인데, 이 기간만 해도 족히 10여 년은 되는 것이다.

[그러고 보면 레번 경이 무왕치곤 꽤 오러 각성이 늦었다는 이야기를 들은 것 같기도 하고?]

아리송해하는 둘을 보며 세라티가 물었다.

[전생 때의 그는 킹스 오더에 안 들어가나요?]

바로스가 실소를 흘렸다.

[당연하죠. 전생 때는 킹스 오더란 것 자체가 없었잖아요.]

[그럼 뭔가가 달라졌다는 건데……]

그렇게 세 사람이 레번을 힐끔거리며 의아해할 때였다.

세상엔 가끔 눈치가 없어서 오히려 편해지는 경우도 있는 법이다.

아까부터 호기심을 이기지 못한 밀리아가 대놓고 질문을 던졌다.

"저기, 실례지만 한 가지 여쭤봐도 되나요?"

"예? 예."

"어쩌다 킹스 오더에서 일하고 계신가요? 스트라우스 가문이면 무왕의 후계자 수행 중이셔야 하는 것 아닌가요?"

그러자 레번의 얼굴에 피로의 빛이 떠올랐다.

어쩐지 지겹다는 듯한 반응이었다.

"아, 형님이랑 헷갈리셨나 보군요."

하지만 이내 표정을 관리한 뒤 정중하게 답했다.

"스트라우스의 이름을 잇는 이는 제 형, 에밀입니다. 제가 아니고요."

곁에서 듣고 있던 바로스의 표정이 살짝 바뀌었다.

'맞다. 레번 경이 처음부터 무왕의 후계자는 아니었지?'

⁂

당대 델피아드의 무왕, 갤러드 스트라우스에게는 두 아들이 있었다.

첫째인 에밀 스트라우스와 3살 터울인 둘째, 레번 스트라우스.

에밀은 어려서부터 신동으로 소문이 자자했다.

아무리 어려운 검술이라도 쉽사리 익혔고, 혹독한 수련도 놀이처럼 여기며 해냈다.

그 까다로운 무왕 갤러드조차도 에밀에겐 별 잔소리를 하지 않을 정도였다.

반면 레번은 평범했다.

재능이 없었다는 것은 아니다. 스트라우스 가문의 혈통답게 상당한 무재의 소유자인 것은 사실이었다.

일반적인 다른 기사들과 비교하면 충분히 수재 반열에 들 수 있었다.

문제는 에밀이 하늘이 내린 천재라는 점.

레번은 분명 뛰어나고 우수한 아이였지만, 안타깝게도 비교 대상인 에밀의 능력이 너무 엄청났다.

갤러드를 비롯해 가문의 모든 이들이 에밀을 차대 델피아드의 무왕으로 낙점 지었다.

항상 형과 비교당하며 자란 레번은 나이가 들수록 소심한 성격으로 커 갔다.

스트라우스란 이름은 그저 어깨를 짓누르는 무거운 짐일 뿐이었다.

성인이 되면 독립해 가문과 무관한 일개 기사로 살아갈 생각만 하고 있었다.

변화가 온 건 레번이 19살이 되던 해였다.

형, 에밀에게 변고가 생긴 것이다.

유스틸 왕국에서 강력한 사령술사가 출몰해 세상을 어지럽히기 시작했다.

유달리 정의롭고 신앙심도 깊었던 에밀은 백성들의 고충을 막기 위해 사악한 사령술사를 쫓았고, 오히려 역습을 당했다.

사령술사의 함정에 빠져 비참하게 죽어 간 에밀의 나이는 고작 스물둘.

그렇게 레번은 난데없이 스트라우스 가문의, 그리고 무왕의 후계자가 되어야 했다.

✳

[음, 그러니까…….]

설명을 듣다 말고 세라티는 카르나크를 빤히 바라보았다.

[사악한 사령술사에게 죽었다, 이 말이죠?]

어떤 놈이 에밀을 죽였다는 건지 익히 짐작이 간다.

바로스가 피식 웃었다.

[달리 누가 있겠어요?]

[어떻게 가는 곳마다 사고를 안 친 동네가 없어요?]

[그러니까 그토록 쫓겨 다녔죠. 괜히 도련님이 전 인류의 공적이 된 게 아니라니까요.]

⊰※⊱

이후 레번은 울며 겨자 먹기로 후계자의 길을 걸었다.

형이 있기에 별로 열심히 하지도 않았던 검술 수행에 매진해야 했고, 항상 두려워하며 피하던 아버지 밑에서 직접 지도를 받아야 했다.

갤러드는 무섭도록 그를 다그쳤다.

스트라우스 가문은 대대로 무왕을 배출한 명문 검가, 수백 년을 이어 온 가문의 명성을 자신의 대에서 더럽힐 순 없었다.

다행히 레번의 재능은 뒤늦게나마 개화했다.

여태 에밀에게 가려졌을 뿐, 그 역시 스트라우스 가문의 천재 중 하나였던 것이다.

한번 두각을 드러낸 후론 무서운 속도로 성장했고, 결국 갤러드의 뒤를 이어 차대 델피아드의 무왕이 되었다.

[그 후에는 뭐, 형의 복수를 하겠다며 주야장천 도련님 쫓아다녔죠.]

[아, 진짜 피곤했지.]

당시를 떠올리며 카르나크가 투덜댔다.

[따지고 보면 내 덕분에 무왕 된 셈인데, 왜 그렇게 복수하겠다고 난리였을까?]

기가 찬 세라티가 한마디 했다.

[우와, 진짜 쓰레기 같은 말씀이네요, 그거.]

[이게?]

[네.]

[그럼 앞으로 이런 말은 하지 말아야지.]

카르나크는 머릿속 수첩에 한 줄을 첨가했다.

일명 『사람답게 살려 할 때 피해야 할 발언 목록』이었다.

그간 느낀 건데, 이해한 다음 행동하려 하면 너무 늦다.

일일이 이해한 뒤 받아들이기엔 세상에 조심해야 할 것이 너무 많았다.

그러니 일단 행동으로 먼저 취하고, 이해는 나중에.

나름대로 사람답게 살기 위한 노력 중 하나였다.

이를 위해 세라티에게도 자신이 실수하면 바로 지적해 달라고 언급해 두었다.

……그 탓에 어째 그녀가 점점 자신을 막 대하는 것 같은 느낌도 들지만.

하여튼 과거를 떠올려 보니 어떤 상황인지 대략 이해가 갔다.

[지금은 에밀이 여전히 살아 있겠지? 내가 안 죽였으니까.]

[레번 경이 변할 기회도 없었을 테고요.]

[그대로 독립해서 에트리얼 킹스 오더가 되었다 이건가?]

[킹스 오더라면 가문의 명성에 누가 될 리도 없으니까요.]

킹스 오더는 분명 정예 중의 정예만으로 이루어진 조직이고, 많은 이들이 입단을 선망하는 곳이다.

스트라우스 가문의 이름값이 워낙 엄청나 상대적으로 빛이 바래는 것뿐이지.

[갤러드도 흔쾌히 허락했겠죠.]

앞장선 레번의 등을 바라보며 바로스는 아련한 표정을 지었다.

'무왕이 아닌 레번 경이라…….'

레번 스트라우스와는 4대 무왕들 중에서도 특히 자주 충돌했다.

그야, 카르나크가 형의 원수였으니 자주 덤빌 만도 하지만.

목숨 걸고 싸운 적이 스물세 번이고, 여섯 번을 이겼으며 열일곱 번을 패했다. 죽임을 당한 건 아홉 번이었다.

그럼에도 딱히 그를 미워하거나 하지는 않았다. 오히려 존경하기까지 했다.

레번이야말로 바로스가 떠올리는 가장 이상적인 기사의 모습에 가까웠으니까.

'솔직히 미워할 게 뭐 있어? 잘못은 우리가 다 저질렀는

데. 저쪽이 우릴 증오하는 게 정상이지.'

데스 나이트가 된 후 변해 버린 그를 보며 가장 아쉬워한 것도 바로스였다.

이제 에밀이 살아 있으니 레번이 다시 무왕이 될 일은 없으리라.

평범한 기사, 평범한 킹스 오더로 조용히 살아가겠지.

'내가 아는 델피아드의 무왕은 더 이상 존재하지 않는 건가…….'

레번이 카르나크 일행을 안내한 곳은 웰라드 시티 중심에 위치한 상회 건물이었다.

유스틸 왕국과 마찬가지로, 에트리얼 킹스 오더 역시 각 지역의 명가들과 손잡고 움직이는 경우가 대부분인 것이다.

"혹시 여관을 잡으셨다면 이쪽으로 옮기시지요. 여러모로 편하실 겁니다. 말도 잘 돌봐 줄 테고요."

카르나크는 레번의 권유를 흔쾌히 받아들였다. 공짜라는 데 마다할 이유가 없지.

"감사한 일이군요. 잘 부탁드립니다."

상회에서도 일행을 깍듯이 맞이했다.

스트라우스 가문의 소개인 만큼 특별히 신경을 쓰는 듯했다.

테이블 위에 지도를 펼친 뒤 레번이 진지한 목소리로 말했다.

"검은 신의 사교도들이 어디 숨어 있는지 확인했습니다."

전령을 통해 카르나크 일행이 입수한 정보를 에트리얼 킹스 오더에 미리 전달해 놓았다. 이를 바탕으로 사전 조사를 한 결과였다.

"칼렌타 서부에 위치한 고대 유적 말레피쿠스가 놈들의 은신처입니다."

인류가 아직 문명을 일구기 전, 세계는 정체불명의 고대종들이 지배하고 있었다.

이들에 대해 알려진 것은 거의 없다.

심지어 인간에 비해 월등히 긴 수명을 지닌 용족과 요정족조차도 이들에 대해선 그 어떤 자료도 가지고 있지 않았다.

알려진 것이라곤 이들이 평균 신장 3미터 정도의 거인이며, 인류에겐 금기로 여겨지는 사령술이 원래는 고대종의 기술 중 하나라는 것 정도.

그럼에도 저들이 실존했다는 사실을 의심하는 이 또한 없었다.

세계 곳곳에 고대종이 남긴 고대 유적, 일명 던전이 존재하기 때문이었다.

엄밀히 말하면 던전이란 단어는 그냥 감옥이란 뜻이다. 정확히는 '탑의 감옥'이다.

그런데 대부분의 성들이 지하에도 감옥을 짓다 보니 지하 감옥이란 의미가 새로 생겨났고, 이것이 발전되어 몬스터들이 들끓는 복잡한 유적지에 던전이란 이름이 붙었다.

고대 유적에 굳이 지하라는 이미지가 붙은 이유가 있다.

실제로 대부분의 고대 유적은 땅속에 파묻혀 있었다.

왜냐고?

땅 위에 남아 있는 건 눈에 보이니까 인간들이 진작 다 털어 버리고 재건축 들어갔거든. 유적의 구조물들은 죄다 건축 자재가 되어 버렸고.

고대종들의 주된 기술이 사령술이란 점도 대부분의 유적이 지하에 위치한 이유였다.

사령술의 가장 큰 천적은 태양이다.

그래서 똑같은 고대 유적이라도, 햇빛 아래 드러난 것은 대부분 과거의 힘을 잃고 평범한 돌무더기가 되었다.

반면 지하의 유적은 달랐다.

여전히 고대종의 능력이 남아 있었다.

그들이 남겨 놓은 마물에 대한 지배력, 무수한 사령과 망령에 대한 영향력도 어둠 속에서 건재했다.

강력한 마물과 악령이 출몰하지만 그 속에는 현시대에 잊힌 고대종의 귀한 보물이 있을지도 모르는 곳.

던전이 욕망의 대상이 된 것은 자연스러운 흐름이었다.

고대 유적만을 전문적으로 탐사하는 트레저 헌터라는 존재가 생겼다.

수많은 트레저 헌터들이 던전을 탐사하는 와중에 죽어 갔다.

수많은 던전들이 트레저 헌터들에게 털려 텅텅 비게 되었다.

그렇게 오랜 시간이 지났다.

보물이 털리건 말건 던전은 던전이다. 마물과 악령은 계속 나온다.

그런데 목숨 걸고 들어가 봐야 돈 될 것이 없다면 누가 일부러 던전에 들어갈까?

버려진 던전은 그렇게 잊혔다.

간혹 던전에 서식하는 마물이 너무 많아져 인근 마을까지 피해를 끼칠 경우에나 토벌대를 보내곤 했다.

심지어 이조차도 돈 들인 것에 비해 얻는 것이 딱히 없으니 자주 있는 일은 아니었다.

이 버려진 던전에 눈독을 들인 자들이 있었다.

왜 던전이 무서운 장소인가?

마물과 악령의 출몰 때문이다.

왜 던전에선 마물과 악령이 출몰하는가?

고대인이 남긴 사령술의 힘 때문이다.

즉, 사령술사라면 오히려 던전을 지배해 저 마물과 악령을 자신의 권능으로 바꿀 수 있는 것이다!

수많은 사교도들이 핍박을 피해 고대 유적으로 숨어들어 갔다.

대륙 각지의 버려진 던전에 테스라낙의 신도들이 자리를 잡았다.

말레피쿠스 던전에 위치한 검은 신의 교단, 웰라드 지부 역시 그런 케이스 중 하나였다.

참으로 거대한 석실이었다.

높이만 10여 미터에 달하며 기둥의 굵기도 일반적인 여신 교 신전의 2배가 넘어간다.

이곳이 고대종의 유적이라는 증거였다.

고대종의 외모에 대한 자료는 전혀 남아 있지 않다. 그들이 어떻게 생겼는지에 대해선 그 누구도 모른다.

하지만 그들의 건축물 및 생활 도구 대부분은 인간의 것에 비해 몇 배나 컸다. 그럼에도 형태는 별 차이가 없었다.

그래서 적어도 3미터 정도 신장을 지닌 거인이라는 추측은 할 수 있는 것이다.

사방에 피워 놓은 횃불이 석실 안쪽을 밝힌다. 지하임에도 통풍이 워낙 잘되어 호흡은 물론이고 횃불을 피우는 데 지장이 없다.

그 깊은 지하 석실에 테스라낙을 믿는 사교도 수십 명이 모여 있었다.

"무릇 죽음이 있어야 부활이 있고, 밤이 깊어야 새벽이 오며, 파괴가 있어야 창조가 있는 법이니……."

새까만 로브를 걸친 50대 중반의 남자가 저들 앞에 서서 엄숙히 미사를 이끈다.

검은 신의 교단 웰라드 지부의 수장인 대주교 휴고트였다.

"죽음과 파괴, 어둠의 주인이자 부활과 여명, 창세를 주관하는 분의 이름으로 기도를 올리나이다."

사람들이 홀린 듯 머리를 조아리며 중얼거린다.

"테스라낙이시여, 굽어살피소서, 우릴 보우하소서……."

그 속엔 30대의 여인, 에디아의 모습도 보였다.

겉으로는 다른 이들처럼 차분히 기도를 올리는 것처럼 군다. 하지만 그녀의 내심은 전혀 달랐다.

'정말 헛소리뿐이네.'

전남편인 오웬트에게 납치되어 이곳 말레피쿠스 유적에 끌려온 지도 벌써 보름째.

일단 안전을 위해 순순히 따르고는 있었지만 이들의 교리는 들을수록 황당할 뿐이었다.

파괴가 있어야 창조가 있으니 어쩌니 하는데…….

'저게 어떻게 신의 말씀이야? 재건축업자의 논리지.'

크게 양보해서, 새것을 만들기 위해 예전 걸 다 부숴야 한다 치자.

새로 만든 것이 예전보다 나을 것이란 보장은 어디 있는데?

'하긴 이단의 교리란 게 다 거기서 거기긴 하지만.'

역사적으로 볼 때 사교는 꽤나 흔한 존재다.

사령술사가 스스로를 신이라 주장하며 신도들을 모으고 영생을 준다며 현혹하는 경우.

7여신교는 잘못되었으며 자신들이 섬기는 존재야말로 진정한 신이라 주장하는 경우.

이들이 공통적으로 주장하는 것은 새로운 세상이다.

모두가 현세를 멸망시키고 새 세계를 열자고 한다.

현실이 불만스러운 이들에게는 제법 잘 먹히는 이야기지만, 동시에 조금만 생각이 있는 이라면 코웃음을 칠 허술한 이야기이기도 했다.

이곳에 끌려오기 전까지만 해도 에디아는 저들을 이해할 수 없었다.

딱히 특별할 것도 없는 교리에 왜 오웬트가 현혹되었는지도 도저히 납득이 가지 않았다.

하나 직접 보니 어느 정도 수긍이 갔다.

검은 신의 교단은 사령술을 테스라낙의 신성한 권능이라

주장한다. 그리고 테스라낙을 깊이 믿는 일명 '성직자'들이 그 어둠의 힘을 다룬다.

여기까지는 다른 사교들과 큰 차이가 없다.

문제는 이다음이었다.

"데일 성도는 앞으로 나오시오."

한 사내가 기쁜 얼굴로 휴고트 앞에 나가 섰다.

"오오!"

"데일 형제가!"

사방에서 환호가 터졌다. 다들 부러움이 가득한 눈빛이었다.

상대의 이마에 손을 짚은 채 휴고트가 엄숙히 뇌까린다.

"테스라낙 님의 신실된 종이여, 어둠의 이름으로 세례를 내리노라."

강렬한 어둠이 전신을 휘감았다.

흥분한 데일이 검은 신을 찬양했다.

"테스라낙을 위해 이 몸과 영혼을 바치겠나이다!"

그렇다.

평범한 일반인이었던 그가 그저 손 한 번 머리에 갖다 대는 것만으로 어둠의 권능을 얻었다.

이것이 말만 앞세우는 역대 사교들과 다른 점이었다.

'……이들은 정말로 힘을 내리는구나.'

인간을 해치던 던전의 마물들이 오히려 노예처럼 복종한

다.

그토록 무서운 존재였던 악령과 망령이 길들여진 애완견처럼 유적 곳곳을 지킨다.

이 모든 것이 검은 신의 성직자뿐 아니라 평범한 신도들에 의해서도 행해지고 있었다.

검은 신의 교단에선 일반 교도들도 쉽게 어둠의 힘을 손에 넣을 수 있는 것이다.

당장 그녀의 남편만 봐도 그렇다.

날고뛰는 상단 호위 무사 10여 명을 때려눕히고 에디아를 납치하지 않았는가?

'원래대로라면 단 1명도 제대로 상대하기 힘들, 평범한 행상이었을 뿐인 오웬트가 말이지.'

검은 신의 교단이 가르치는 사령술의 이미지도 이들이 세력을 넓히는 데 크게 이바지하고 있다.

7여신교가 가르치는 사령술이란 이런 것이다.

죽음과 어둠에 지배당해 타락하는 술법.

반면 검은 신의 교단은 사령술을 이렇게 정의하고 있다.

죽음과 어둠'조차' 지배하는 신성한 권능.

똑같은 소리인데 뉘앙스가 달라지면 느낌도 달라지는 것이다.

세상에 죽고 싶어 하는 이가 어디 있을까?

죽음을 지배할 수 있다는 건, 영생은 언제나 매력적인 단어다.

그럼에도 7여신교에선 영생을 보장하지 않는다.

사후에 여신의 공간에서 머무르며 악한 자는 지옥에 가고 선한 자는 천국에 가며, 이후 새롭게 태어나 다시 세상에 내려온다고 가르친다.

아, 천국도 지옥도 싫다고. 그냥 현세에 계속 머무르고 싶다고.

진짜 인간이 원하는 건 이쪽인데 딴소리만 하고 있는 7여신교를 대체 왜 믿어야 하는가?

진실로 바라는 것을 줄 수 있는, 진실된 신이 여기 존재하는데!

'……아니, 내가 지금 무슨 생각을 하고 있는 거지?'

당황해 에디아는 머리를 흔들었다.

혼란스럽다.

계속해서 휴고트의 '목소리'를 듣고 있자니 자기도 모르게 현혹되어 간다.

"올바른 가르침을 널리 퍼트려라. 이것이 그대들이 행해야 할 유일한 의무다. 한낱 속세의 상식에 사로잡히지 마라……."

목소리를 무시하며 에디아는 애써 정신을 집중했다.

지금 그녀가 이곳에서 할 수 있는 것은 달리 없다. 그저 시키는 대로 따를 수밖에.

그러니, 할 수 있는 걸 한다!

'파악하자.'

그녀는 상인이고, 상인은 계산을 해서 결과를 내놓아야 한다.

사람 숫자를 파악하고, 이들의 세력을 파악하고, 이들이 먹는 식량의 양을 파악하고…….

'계속 파악하자.'

이대로 죽으면? 뭐, 그냥 끝이다.

하지만 운이 좋아 도망치기라도 한다면?

'이게 다 돈이야! 이 정보는 분명 비싸게 팔릴 거다.'

탐욕으로 정신을 온전히 지키며 에디아는 계속해 자신의 좌우명을 되새겼다.

'내일 세계가 멸망해도, 나는 오늘의 수익을 올리겠어!'

상인의 힘겨운 독백과 음울한 사령술사의 음성이 번갈아 머릿속을 울리고 있었다.

"따르라, 어린양들아. 이것이 진실의 말씀일지니……."

꾹 쉬고 여독을 푼 다음 날의 아침.

카르나크 일행은 본격적으로 길을 떠날 준비를 갖췄다.

온갖 마물들이 들끓는 칼렌타 대수림을 가로질러, 사령술사들의 본거지인 고대 유적 말레피쿠스로 잠입해야 하는 여정이다.

전문가가 있으면 좋을 것 같아 밀리아가 권했다.

"트레저 헌터를 고용하는 게 어떨까요, 카르나크 님?"

레번이 대신 어깨를 으쓱였다.

"그래서 스타르 경 대신 제가 온 건데요. 킹스 오더 되기 전엔 모험가로 일하고 있었거든요. 트레저 헌터 경험도 제법 있고요."

"……어머, 기사 아니셨어요?"

"이미 가문에 에밀 형님이 계신데 굳이 저까지 기사가 될 필요는 없죠."

그러니 경이라 칭할 필요도 없다며 레번이 너스레를 떨었다.

그리고 일행 앞에 지도를 펼쳐 보이며 앞으로의 일정에 대해 설명했다.

"이 루트대로 따라가면 대략 나흘 정도 걸릴 겁니다. 물론 도중에 마물들이 꽤나 습격을 해 오겠습니다만……."

털털해 보이는 미소와 함께 뒷머리를 긁는다.

"별일 있겠습니까? 6서클의 상급 마법사에 오러 유저도 두 분이나 계신데요, 하하하."

선망의 대상을 바라보는 듯한 그 눈빛에 카르나크와 바로스가 떨떠름한 표정을 지었다.

[거참, 레번이 우릴 저런 식으로 바라보는 일도 다 생기네.]

[진짜 어색한데요, 이거.]

칼렌타 대수림

곳곳에 흰 눈이 쌓인 거대한 침엽수림.

6명의 남녀가 걸음을 옮기고 있었다.

머리 위로 거대한 나무들이 끝없이 펼쳐진다. 울창한 가지 사이로 회색빛 겨울 하늘이 간간이 모습을 비친다.

"거의 한나절을 걸었는데……."

걸음을 옮기다 말고 카르나크가 혀를 찼다.

"정말이지 경치가 하나도 변하질 않는구만."

"오죽하면 대수림이라고 불리겠어요?"

무심하게 대꾸하며 세라티는 짊어진 배낭을 고쳐 맸다.

'무겁지는 않은데 워낙 부피가 크니 꽤나 거추장스럽네.'

온갖 마물이 들끓는 칼렌타 대수림을 가로지르는 여정이

었다. 숙소 따위 있을 리 없으니 야영은 필수, 당연히 필요한 준비물도 꽤 많았다.

로프, 식량, 모포, 기타 등등.

문제는 말을 끌고 올 수 있는 장소가 아니다 보니 저걸 죄다 직접 들고 다녀야 한다는 점이었다.

숲속의 이동이 딱히 힘든 것은 아니다.

대부분의 나뭇가지가 말 머리보다 월등하게 위에 있으니 통행엔 별지장이 없다.

하지만 말을 지키기가 너무 힘든 것이다.

안 그래도 굶주린 마물들에게 말고기는 별미 중의 별미다.

어쩔 수 없이 사람이 직접 들고 다니는 수밖에 없었다.

최대한 필요한 것만 챙겨 부피를 줄여도 짐이 한 아름.

세라티가 문득 아쉬운 눈으로 카르나크를 바라보았다.

[……언제쯤 9서클 되세요?]

실소하며 카르나크가 반문했다.

[왜? 네 배낭만이라도 허수공간에 넣어 줄까?]

[탁기에 물든다면서요?]

[넌 사령술사의 권속이잖아. 탁기 좀 물들어도 큰 문제는 안 생길걸.]

[작은 문제는 생긴단 소리네요?]

[아직은 살아 있으니까 아무래도?]

순간 세라티의 안색이 굳었다.

['아직은'이라뇨? 네? '아직은'이라뇨!]

[괜찮다니까. 내가 계속 조정 중이니까 언데드 될 일은 없어.]

[조정을 안 하면 어떻게 되는 건데요?]

[……]

[왜 대답이 없어요?]

그런 둘을 보며 라피셀은 생각했다.

'아, 언니랑 카르나크 님 또 눈싸움한다!'

몸만큼이나 커다란 배낭을 멘 작은 잿빛 머리 소녀가 연신 고개를 갸웃거린다.

'왜 말도 없이 종종 저러시는 걸까? 저게 혹시 어른들이 말씀하시는 눈이 맞는다는 걸까?'

그걸 본 밀리아가 문득 물었다.

"혹시 짐이 무겁니, 라피셀?"

"괜찮아요, 언니."

표정을 보아하니 빈말은 아닌 것 같았다. 정말로 힘들어하는 기색이 없었다.

"겉보기와 달리 힘이 세구나? 역시 기사 지망생이야."

"카르나크 님이야말로 무겁지 않으실까요?"

밀리아가 실소를 흘렸다.

"우린 네 짐의 절반도 안 들고 있잖니? 양심이 있으면 이거 들고 무겁다고 하면 안 되지."

실제로 다들 한 짐 싸 들고 다니는 것에 비해 카르나크와 밀리아는 가벼운 백 팩 하나만 챙긴 상태였다.

원래 전사들과 달리 마법사와 성직자는 짐을 가볍게 하는 것이 통례다.

쓸데없이 체력 낭비하다 위급한 경우 '아, 마력과 신성력은 충분한데 지쳐서 못 싸우겠소!'라고 하면 곤란하니까.

둘의 대화를 엿들은 카르나크는 잠시 고민했다.

'그러고 보니 라피셀도 저만큼 짐을 들고 있네?'

이유는 모르겠는데, 어린애가 저러고 있으니 살짝 켕기는 느낌이었다.

[혹시 사람답게 살려면 저거 내가 들겠다고 해야 하는 거냐?]

세라티가 피식 웃었다.

[눈치는 그래도 좀 생기셨네요?]

[그래?]

[빈말이라도 그렇게 하는 게 낫죠. 그렇다고 실제로 짐 대신 들진 마시고요.]

바로스도 슬쩍 끼어들었다.

[짐을 과하게 들고 가다 도련님이 퍼지시면 저만 고생이거든요.]

전생 때 도망 다니다 지친 카르나크와, 카르나크의 짐까지 함께 든 적이 한두 번이 아니다.

[차라리 짐에 발 달려 있을 때 알아서 걷는 쪽이 낫죠.]

[어차피 마법사들에겐 아무도 기대 안 해요. 나중에 라피셀에게 맛있는 거나 사 주세요.]

은밀한 마법 전언을 통해 세 사람이 영양가 없는 수다를 떨어 댄다.

그걸 본 라피셀이 눈을 빛냈다.

'앗! 이번엔 셋이서 눈이 맞고 있다!'

그리고 이내 고민에 잠겼다.

'그런데 3명이서도 눈이 맞을 수 있나? 어른이라 그런가?'

눈이 맞는다는 표현이 뭘 뜻하는지 모르는 아이나 할 수 있는 순진한 생각이었다.

물론 밀리아는 의아해하고 있었지만.

'얘는 무슨 생각을 하는데 표정이 이렇지?'

레번은 앞장서서 계속 길을 안내했다.

"이대로 한동안 북동 방향으로 나아가면 될 겁니다."

지루하고 긴 여정이었다.

숲은 전체적으로 평탄하지만 지속적으로 굴곡이 있었다.

그 굴곡마다 눈이 쌓여 찬 바람이 분다.

이토록 추운 날엔 들짐승들도 돌아다니지 않는다.

하지만 마물은 다르다. 놈들에겐 먹고살기 힘든 겨울이 오히려 인간을 습격하는 기간이다.

멍하니 길을 걷던 중이었다.

문득 바로스가 숲 저편을 노려보았다.

"역시 뭐가 나타나도 나타나네요?"

신기할 것도 없다며 카르나크가 고개를 끄덕였다.

"그렇겠지. 겨울이니까."

감각을 집중하며 세라티가 물었다.

"일곱, 아니, 여덟 마리인가요?"

라피셀이 조심스레 대꾸했다.

"열 마리인 것 같아요. 두 마리는 좀 더 뒤에 있어요."

"너 진짜 감 좋구나, 라피셀?"

"헤헤."

다들 태연하게 전투준비를 갖추기 시작한다.

레번 혼자만 이해를 못 해 허둥댈 뿐이었다.

"예? 왜요? 뭔 일 생겼습니까?"

그런 그를 보며 밀리아가 초연한 얼굴로 지팡이를 쥐었다.

"그냥 그러려니 하세요. 이 사람들 원래 이래요."

"아우우우!"

요란한 하울링과 함께 숲 곳곳에서 거대한 그림자들이 모습을 드러냈다.

늑대의 몸통에 늑대 인간의 상체가 연결된, 얼핏 켄타우로스와 비슷해 보이지만 놈들보다 몇 배는 더 흉포한 괴물들이었다.

기겁하며 레번이 장검을 고쳐 쥐었다.

"울펜트로스!"

울펜트로스 무리가 일제히 카르나크 일행을 포위하며 달려온다.

어깨높이만 2미터에 달하는 거구인데도 진짜 늑대처럼 몸놀림이 민첩하기 그지없다.

"카아아악!"

접근과 동시에 울펜트로스 한 놈이 레번의 정수리를 노리고 장창을 내리쳤다.

기합을 터트리며 레번도 마주 참격을 날렸다.

타앙!

창칼이 충돌하며 놈의 공격이 빗나갔다.

하지만 워낙 체중 차가 크다 보니 그것만으로도 엄청난 중압감이 어깨를 누른다.

"윽!"

신음하며 레번은 더더욱 정신을 집중했다.

울펜트로스라면 어지간한 정규 기사 3~4명이 덤벼도 승부를 장담할 수 없는 강력한 마물이다. 결코 방심할 수 없었다.

"하지만!"

그렇다 해서 두려워할 필요도 없다.

비록 형의 그늘에 가려졌다 해도 레번 또한 위대한 기사를 아버지로 둔 위대한 가문의 자손이다!

"타아앗!"

오랜 수행을 통해 갈고닦은 아름다운 검술이 손끝에서 올올이 풀어진다.

검광이 춤을 추며 겨울바람을 타고 스쳐 지나간다.

"크어어억!"

날카로운 칼날이 울펜트로스의 목을 베며 길게 피를 뿌렸다.

정확하게 급소를 베어 대량 출혈을 일으킨 것이다.

군더더기라곤 전혀 없는 완벽한 검술이었다.

그렇게 한 놈을 처리한 뒤, 레번은 바로 상황을 살폈다.

'다른 사람들은?'

물론 카르나크 일행에게 무슨 일이 생길 거라 생각하진 않았다. 무려 상급 마법사에 오러 유저씩이나 되는데?

하지만 저들 중엔 작은 어린아이도 1명 있는 것이다.

'라피셀 양은 무사한가?'

대체 왜 저렇게 어린 아이를 군이 전장에 데리고 온 건지는 모르겠지만, 어쨌건 어른이라면 자연스레 신경이 갈 수밖에 없다.

그렇게 라피셀의 모습을 찾을 때였다.

순간 레번이 멍한 표정을 지었다.

"어……."

잿빛 머리 소녀가 늑대 머리를 짓밟고 있었다.

도대체 무슨 수를 쓴 건진 모르겠지만 자기 키의 2배도 넘는 높이를 뛰어오르며 제공권을 장악, 그대로 공중제비를 넘어 검을 횡으로 긋는다!

파아아앗!

붉은 피가 흰 눈 위로 가득 쏟아졌다.

라피셀이 도로 착지하며 자세를 취했다.

그녀의 등 뒤엔 이미 다른 울펜트로스가 비슷한 모습으로 쓰러져 있었다.

둘 다 정확히 목의 동맥이 절단된 상태였다. 레번이 입힌 상처와 똑같았다.

'어떻게 저 나이에 저런 움직임을?'

자신을 향한 레번의 시선을 눈치챘는지 라피셀이 고개를 돌렸다.

"아?"

그리고 멋쩍은 듯 웃으며 공손히 묵례를 취했다.

"가르침에 감사드립니다."

'……무슨 가르침?'

황당해하는 레번의 시야에 붉은 머리 미녀가 스쳐 지나갔다.

그녀는 마치 바람이라도 된 듯 가볍게 울펜트로스 사이를 흐르고 있었다.

휘이익!

휘파람 소리와 함께 붉은 검광이 허공에 빛의 궤적을 남긴다.

잠깐 세상이 멈춘 듯한 착각이 일고, 이내 거대한 마물이 동강 나 박살 나며 피를 뿌린다.

"크아아악!"

라피셀의 검술은 그래도 뭘 하는지 알 수라도 있었다.

세라티는 그 정도 수준이 아니었다.

그저 걸음을 옮긴다.

별로 빨라 보이지도 않았다. 느긋하게 한 걸음 내디디는 것 같았다.

그런데 삽시간에 울펜트로스의 품 안으로 들어간다.

그리고 놈들의 좌우로 빠져나가 사각을 점유, 가볍게 검광을 흩날린다.

그때마다 울펜트로스의 피와 비명이 아우성친다.

"크아아악!"

"카악!"

흔해 빠진 표현이지만 '가지고 논다'라고밖에는 생각할 수 없었다.

압도적인 실력 차가 있지 않고서는 불가능한 모습이었다.

그렇게 울펜트로스 세 마리를 처리한 뒤 세라티가 뭔가 알 겠다는 듯 고개를 끄덕였다.

"확실히 가끔은 약한 적을 압도하는 경험도 필요하군요."

바로스가 싱글벙글 웃으며 대꾸했다.

"그렇죠?"

정작 그의 칼날은 참으로 깨끗했다. 피 한 방울 묻지 않았 다.

당연하다.

뽑지도 않았거든.

그냥 덤비는 족족 늑대 주둥이를 붙잡아 땅에 처박는 것이 전부였다.

단순히 땅에 처박혔을 뿐인데 왜 그때마다 울펜트로스가 눈, 코, 입, 귀에서 피를 토하며 절명해 버리는지는 도저히 모르겠지만.

열심히 습격해 온 울펜트로스 열 마리가 몰살당하는 데는 채 1분도 걸리지 않았다.

워낙 바로스와 세라티, 라피셀의 전투력이 엄청났다.

심지어 카르나크와 밀리아는 끼지도 않았다.

"원래 이런 사람들이란 게 무슨 말씀인지 알겠습니다, 밀 리아 신관님."

허탈한 얼굴로 레번이 실소를 흘렸다.

"저도 앞으론 그냥 그러려니 해야겠군요, 하하."

정작 밀리아 본인은 그냥 넘어가지 못하고 있었다.

바로스나 세라티야 어차피 싸우는 걸 자주 봤으니 놀랄 이유가 없다. 하지만 라피셀의 전투는 이번에 처음 보는 것이다.

'세상에, 쟤가 저렇게 셌어?'

같은 시각, 말레피쿠스 던전 가장 깊은 곳의 한 석실.

"스트라우스가 움직였습니다."

검은 신의 교단 웰라드 지부장, 대주교 휴고트가 정중히 보고를 올리고 있었다.

"마침 유스틸 킹스 오더가 이곳을 찾은 덕분에 기회가 생겼습니다. 가끔은 생각지 않았던 우연이 도움이 될 때도 있군요."

칠흑 같은 어둠 속에서 쇠를 긁는 듯한 거친 목소리가 울렸다.

"유스틸 킹스 오더의 전력은?"

"6서클의 상급 마법사와 2급 심문관, 레드 나이트 2인에 종자 1인입니다. 밖에서 만났다면 꽤나 까다로운 적들이었겠지요."

우습다는 듯 휴고트가 어깨를 으쓱였다.

"여기서야 별 어려운 상대도 아니지만 말입니다."

암흑 속에서 희미한 그림자가 모습을 드러냈다.

"어쩔 수 없다. 난 이곳을 벗어날 수 있는 처지가 아니니."

창백한 해골 위로 인간의 형상이 검은 영기가 되어 뒤덮여 있다. 너덜거리는 로브 아래로 냉기가 새어 나온다. 강대한 어둠의 마력이 안개처럼 사방을 에워싼다.

타락한 마법의 종주가 도달하는 최악의 언데드, 아크 리치였다.

"그럼 손님맞이 준비를……."

뼈만 남은 손을 들어 올리며 리치가 지시를 내렸다.

"귀하신 분이니 대접을 소홀히 해서는 결코 안 될 것이다……."

휴고트가 정중히 허리를 숙였다.

"예, 뎀피스 님."

카르나크 일행이 대수림에서 두 번째로 만난 마물은 신장 3미터의 휴즈 오우거였다.

"크오오오!"

우렁찬 포효가 고막을 진동한다. 사방에서 새들이 날아가고 가지가 떨린다.

사색이 된 레번이 검을 뽑았다.

"젠장! 하필 저런 괴물이!"

놈이 손에 쥔 나무 몽둥이의 크기만도 거의 2미터에 달했다. 스치기만 해도 즉사임이 분명했다.

"어서 대열을!"

거인형 마물이 상대일 땐 어느 정도 정해진 포진이 있다.

가장 강력한 전사인 바로스가 전방에, 그다음으로 강한 세라티가 뒤를 맡는다. 라피셀과 레번은 좌우에서 견제하며 각자 카르나크와 밀리아를 보호한다.

그 상태로 마법사와 성직자의 보조를 받으며 놈을 상대하는 것이다.

이것이 상위종 오우거씩이나 되는 이 거대한 괴수에 대한 예우다.

그러나 카르나크 일행은 매우 무례한 작자들이었다.

"아, 이 녀석은 내가 처리할게."

카르나크가 단독으로 나서며 마법의 완드를 겨눴다.

다른 이들도 대열을 짜긴커녕 오히려 뒤로 물러섰다.

"한 단계 올랐으니 슬슬 실전 연습을 해야지."

일단 적당한 마법으로 시선을 끈다.

"익스플로전."

오우거의 뒤통수에서 폭발이 일어났다.

분노한 휴즈 오우거가 카르나크부터 죽이겠다며 요란하게 돌진해 왔다.

쿵쿵쿵쿵!

어찌나 육중한 놈인지 뜀박질만으로 미세하게 땅이 흔들릴 정도였다.

카르나크가 피식 웃었다.

"덕분에 편해졌네."

놈이 땅을 한번 흔들어 준 덕에 마력도 더 잘 스며든다.

완드로 땅을 가리키며 영창을 이었다.

"뻗어 올라 붙잡을지어다, 어스퀘이크 핸드!"

대지 곳곳에서 흙더미가 솟구쳤다. 그리고 곧바로 수십 개의 손아귀로 변했다.

수많은 암석의 손이 휴즈 오우거의 두 다리를 굳게 움켜쥐었다.

"크륵?"

당황한 오우거가 몽둥이를 휘둘러 암석의 손들을 두들기기 시작했다.

쾅! 콰쾅! 쾅!

지켜보던 레번이 신기해했다.

'저런 식의 대지 계열 마법도 있었나?'

카르나크의 마법은 특이했다.

원래 어스퀘이크 핸드는 커다란 돌 거인의 손 하나를 뽑아 목표물을 붙잡는 마법이다.

그런데 그의 마법은 달랐다.

자잘한 암석의 손 수십 개를 뽑아내 서로 뒤얽히며 목표를 붙잡는 것이다. 난생처음 보는 방식이었다.

'아니, 꼭 그렇지만도 않나?'

어째 생긴 게 좀 께름칙하게 익숙하긴 했다.

'기분 탓인가, 사령술사들이 자주 구사하는 망령의 손아귀처럼 생긴 것 같기도…….'

어쨌거나 효과는 분명 좋았다.

발이 묶인 휴즈 오우거가 카르나크를 보며 이를 갈았다.

"크르르르!"

이 틈에 느긋하게 강력한 마법을 준비한다.

"화염의 왕이여, 나 계약에 따라 그대를 부르노니……."

허공에서 불길이 치솟는다. 이글거리는 불길이 인간의 형상으로 변해 간다.

"내 뜻에 따라 이곳에 강림하라!"

화르르릉!

불길이 완벽하게 형태를 갖췄다.

전신을 불의 갑옷으로 뒤덮은 거인이 화염검을 쥔 채 현세에 현현했다.

화염의 정령 거인, 엘 라그나티아였다.

'저건 7서클 마법인데?'

경악한 레번이 눈을 크게 떴다.

'6서클 마법사라더니? 저렇게 젊은 나이에 벌써 7서클이라고?'

아무리 천재라도 7서클에 진입하려면 최소 40대는 되어야 한다는 것이 상식이다.

그런데 아무리 봐도 카르나크는 20대 초반으로밖에 보이지 않는 것이다.

"고생한 보람이 있군."

싱글벙글 웃으며 카르나크가 명령을 내렸다.

"가라, 엘 라그나티아."

불길이 오우거의 눈앞으로 쇄도했다.

신장 4미터가 넘는 불의 거인이 신장 3미터의 휴즈 오우거를 오히려 내려다보았다.

난생처음 자신보다 더 큰 존재를 본 놈이 기겁하며 덤벼든다.

"크, 크아아아!"

불의 거인도 열기를 퍼뜨리며 화염검을 내리쳤다.

쿠우웅!

두 거인이 격돌하며 뜨거운 열기가 사방으로 퍼지기 시작했다.

✴

휴즈 오우거와 불의 정령 거인이 격돌했던 숲 한복판.

주위는 방대한 파괴의 현장으로 바뀌어 있었다.

완전히 부서진 숲 위쪽을 통해 대지까지 햇살이 내리쬔다.

근처 나무들은 모조리 불타 쓰러져 시꺼먼 속살을 드러내고 있다. 수백 년은 햇살을 받지 못했을 거목 그루터기까지 완전히 쪼개져 잔불이 타오른다.

사방을 둘러보며 레번은 혀를 내둘렀다.

"엄청난 위력이다……."

이런 대규모 마법을 구사하고도 카르나크는 전혀 지쳐 보이지 않았다.

별것 아니란 듯 쓰러진 휴즈 오우거를 살피며 태연하게 중얼거릴 뿐이었다.

"좋아, 이런 식이면 정령 마법도 쓸 만하겠어."

밀리아가 감탄하며 물었다.

"언제 7서클의 경지에 오르셨어요?"

카르나크가 어깨를 으쓱였다.

"얼마 안 됐어. 이제 겨우 초입이라 어디 가서 7서클이라고 소개하기도 민망하지."

"그래도 7서클은 7서클이죠. 게다가 정령 마법이라니……."

그녀가 유별나게 감탄하는 이유가 있었다.

정령 마법은 여러모로 강력한 수법이다.

발군의 위력에, 정신력 소모도 적고, 자율적으로 공방을 해 주기에 일단 제대로 구사하면 동급의 다른 마법에 비해 월등히 효용이 높다.

그런 만큼 굉장히 사용하기 까다로운 마법이기도 했다.

단순히 난이도의 문제가 아니다.

소환한 정령이 제대로 말을 듣는다는 보장이 어디에도 없는 것이다!

그날의 컨디션에 따라 어떨 때는 엄청나게 강하다가도 어떨 때는 쥐꼬리만 한 불길 조금 쏘고 그냥 돌아가기도 하며, 최악의 경우엔 소환 자체가 들어 먹지 않는 경우도 있다.

그래서 정령 마법은 정령과의 관계를 얼마나 잘 유지하느냐에 따라 위력이 천지 차이였다.

마법학계에서 정령 친화력이라 칭하는 능력이었다.

"역시 카르나크 대장은 대단하시네요. 올곧고 순수한 사람만이 정령 친화력이 높다고 들었는데."

뒷머리를 긁으며 카르나크가 손사래를 쳤다.

"에이, 그 정도는 아니야. 그냥 어쩌다 보니까 된 거지."

그 모습에 래번은 내심 감탄했다.

'겸손하시군.'

과연, 저런 성품을 지니고 있으니 저 까다로운 정령들이 그토록 힘을 빌려주는구나 싶었다.

반면 바로스와 세라티는 뭔 헛소리냐는 표정이었다.

[올곧고…….]

[순수한 사람?]

[도련님?]

[무슨 짓을 하신 거예요?]

[아, 별건 아니고.]

안 그래도 밀리아 앞에선 자랑을 못 해서 답답한 카르나크였다. 비밀 전언을 통해 으스대기 시작했다.

[사령술의 망령 운용법을 응용했지.]

우선 정령을 소환할 때 기존 마법의 2배나 되는 마력을 왕창 투자한다. 그럼 욕심에 눈이 먼 정령들이 일단 불려 나온다.

하지만 이 경우 소환된 정령이 마력만 먹고 튀어 버리는 경우가 비일비재하다.

[그래서 소환한 정령에 현혹 걸어서 강제 지배 걸었지! 한 번 홀리고 나면 다들 망령처럼 말 잘 듣거든.]

[……그게 돼요?]

[나니까 되는 거야, 나니까.]

미심쩍어하는 바로스를 대신해 이번엔 세라티가 물었다.

[그건 그렇다 치고, 그럼 한 번 불렀던 정령은 다시는 소환에 응하지 않을 텐데요?]

[그래서 기억 지우고 돌려보냈지.]

그랬더니 다시 소환할 때 또 말 잘 듣더라는 것이다.

[……그래도 돼요?]

[다시 한번 말하지만, 나니까 되는 거다.]

여전히 의기양양한 카르나크였다.

하여튼, 그의 정령 마법은 분명 강력했다. 지켜보던 레번이 자격지심이 들 정도로.

'이 사람들, 어떻게 이렇게까지 강할 수가 있지?'

카르나크뿐만이 아니다. 바로스와 세라티 역시 이해가 가지 않을 정도로 무위가 높다.

상급 마법사에 오러 유저이니 당연히 강할 줄은 알고 있었지만 지나치게 상식 밖이었다.

'특히 바로스 경은 에밀 형님보다도 더 강한 것 같아.'

올해 23살인 에밀 스트라우스는 자타가 공인하는 강자였다.

어린 나이임에도 이미 블루 나이트의 경지에 올랐고, 단기 결전이라면 퍼플 나이트와도 자웅을 결할 정도다.

경험만 좀 더 쌓으면 분명히 미래의 무왕이 될 것이라 누구도 믿어 의심치 않는 천재.

그런데 어째서 아직 적색급에 불과한, 심지어 나이 차이도 얼마 안 나는 것 같은 바로스가 에밀보다 강하게 느껴지는 걸까?

궁금해진 레번이 조심스럽게 물었다.

"실례가 되지 않는다면, 나이를 여쭤봐도 될까요?"

"저요? 올해로 스물다섯인데요."

별생각 없이 세라티가 대답했을 때였다.

"내가 스물하나인가, 이제?"

"제가 스물둘이죠. 음, 아마 그럴 겁니다."

이어진 카르나크와 바로스의 대꾸에 그녀가 기겁했다.

"잠깐, 여기서 제가 제일 연장자예요?"

몸만 어린 늙은이들이 고개를 끄덕인다.

"어, 그렇지?"

"그러네요?"

그렇다. 아무리 내용물이 100년 묵은 요괴라도 육체 나이만 따지면 이제 갓 성인이 된 애송이들인 것이다.

거기에 레번도 이제 겨우 스무 살, 라피셀과 밀리아는 말할 것도 없다.

'왜, 왜 갑자기 억울하지?'

[왜 그래?]

의아해하는 카르나크를 향해 세라티가 눈을 흘겼다.

[갑자기 주름살 늘어난 기분이 들어서 그래요.]

물론 아직 창창한 20대 중반의 그녀가 주름살 따위 있을리 없다. 그냥 해 본 소리다.

하지만 카르나크는 진지하게 받아들였다.

[아, 피부 미용이 고민이야? 재생해 줄까?]

순간 세라티의 눈동자가 무섭게 번뜩였다.

[피부도 재생이 돼요?]

[팔다리도 되는데 피부가 안 될까? 권속 한정으로만 가능하지만.]

[어머나, 권속 좋네요?]

[……야, 세라티. 너 눈이 무서워.]

돌변한 그녀를 보며 카르나크는 흠칫 떨었다.

[내가 타락할 것 같으면 네가 막아 줘야지, 네가 타락하면 어쩌려고 그래?]

[그, 그렇지만 피부가 10대로 돌아간다잖아요!]

쓸데없이 눈싸움하는 둘을 보며 피식 웃은 뒤, 바로스는 레번을 돌아보았다.

"그런데 저희 나이는 왜 궁금해하시죠?"

머쓱해하며 레번이 머리를 긁었다.

"별건 아닙니다. 그냥 바로스 경이 에밀 형님보다 강하신 것 같아서……."

물론 그럴 것이다.

바로스의 경력을 생각하면 현시대의 에밀쯤이야 그리 어려운 상대가 아니겠지. 아무리 오러양이 상대적으로 적다 해도.

하지만 레번은 그 사실을 모른다.

그럼에도 레드 나이트인 바로스의, 전력을 다한 것도 아닌 전투를 본 것만으로 블루 나이트인 에밀보다 강하다고 판단 했다?

'역시 레번 경이군. 타고난 감각은 무시 못 하겠는데?'

그 후로도 몇 차례 더 마물들을 조우했다. 당연히 별문제 없이 싹 쓸어버렸지만.

그러는 동안 해가 저물었다.

카르나크 일행도 적당히 안전한 곳을 찾아 야영 준비를 했다.

밥 챙겨 먹고 쉬는 중인데 레번이 라피셀에게 슬그머니 다가가 물었다.

"저기, 아까 그 검술은 대체 어느 유파인가요?"

아까 하피 무리와 조우해 전투를 벌일 때의 일이었다.

라피셀이 펼친 검술 중 유독 눈에 밟히는 기술이 있었던 것이다.

검을 하단으로 늘어트린 다음 두 번 올려 치는 기술인데, 이유는 모르겠지만 확인하지 않고는 도저히 견딜 수가 없었다.

"아, 이거요?"

라피셀이 한 번 더 검술을 시연한 뒤 말했다.

"카르나크 님이 연습하시던 검술인데요, 오버 킬이란 기술이래요."

감탄하며 레번이 카르나크를 돌아보았다.

"마법사이면서 검술도 익히십니까?"

"아니, 그냥 운동 삼아서……."

하긴, 그가 보기에도 카르나크의 무술 실력은 평범한 일반인 수준이었다.

그러려니 넘어가고 다시 라피셀을 돌아본다.

"한 번 더 견식해도 되겠습니까?"

상대의 요청에 그녀는 잠시 생각했다.

이 레번이란 오빠는 자신에게 가르침을 주었다. (실은 그냥 라피셀이 멋대로 따라 한 것이지만, 어쨌든 그녀는 그렇게 생각하고 있었다.)

자고로 사람은 오는 게 있으면 가는 것도 있어야 하는 법!

"네!"

다시 한번 라피셀이 오버 킬을 시연해 보였다.

레번도 눈을 빛내며 따라 했다.

과연 그의 눈썰미는 대단했다. 한 번 따라 하는 것만으로 완벽에 가깝게 흉내 낼 수 있었다.

그 광경을 지켜보며 바로스가 어이없어했다.

[오버 킬의 창시자가 오버 킬을 딴 사람에게 배우고 있네요. 이래도 되나?]

[그러게.]

별생각 없이 웃던 카르나크의 표정이 문득 심각해졌다.

[가만, 지금 레번이 오버 킬을 라피셀에게 배운 거지?]

의문이 생긴다.

[그렇다면 오버 킬은 누가 만든 검술이야?]

[누구냐니, 레번 경이 만들었다니까요?]

[그 창시자가 기술을 만들지 않고 남에게 배워 버렸는데? 그럼 레번이 만든 게 아니게 되는 거잖아?]

[그, 그러네요?]

미간을 짚은 채 카르나크는 고민에 잠겼다.

'이러면 어떻게 되는 거지?'

오버 킬이란 검술을 만들었다는 사실이 사라졌다.

그럼에도 기술 자체는 분명히 존재한다.

'무(無)에서 유(有)가 탄생하는 건가, 이거?'

현 카르나크 일행의 목표는 에디아를 구출하는 것이다.

하지만 그것이 이들의 공식적인 임무는 아니다.

킹스 오더로서의 정식 임무는 어디까지나 '검은 신의 교단 웰라드 지부를 토벌할 수 있도록 그들의 종합적인 정보를 수집해 보고하는 것'이었다.

칼렌타 대수림 어딘가에 사교도들이 숨어 있다는 건 에트리얼 킹스 오더도 이미 알고 있었다.

수시로 웰라드 시티에 나타나 이런저런 패악을 부려 대는데 모를 리가 없었다.

또한 저들이 대수림 어딘가의 버려진 던전을 근거지로 삼고 있다는 것까지도 파악한 상태였다.

문제는 그 근거지가 정확히 어딘지, 그리고 얼마나 많은 사교도들이 숨어 있는지까진 알 수 없다는 점.

그래서 여태 손을 쓸 수 없어 고민 중이었는데 때마침 유스틸 킹스 오더에서 협력 요청이 들어온 것이다.

카르나크의 심문 덕에 웰라드 지부가 버려진 옛 던전 말레피쿠스에 숨어 있다는 사실을 알아냈다.

과거의 모험가들이 남긴 길드 기록 등을 통해 저 던전이 대수림 칼렌타의 어느 지역에 위치하는지도 파악할 수 있었다.

하지만 정보의 디테일이 여전히 부족했다.

칼렌타 대수림은 정확한 지도가 있어도 길을 찾기 힘든 곳이다. 하물며 모험가들은 기록을 남기는 것에 그리 투철한 족속들이 아니다.

말레피쿠스 던전의 정확한 위치와 그곳까지 향하는 루트는 직접 가서 확인해야 했다.

이후 내부로 잠입해 던전의 내부 구조 및 사교도의 대략적인 전력까지 파악해 보고하면, 그제야 에트리얼 킹스 오더에서 정식으로 토벌에 나서게 되는 것이다.

그 와중에 에디아를 구하는 건 덤이고.

그냥 카르나크 일행이 던전의 사교도들을 싹 쓸어버리면 되지 않느냐고?

'얘기를 들어 보니 그건 또 곤란하더라.'

이런저런 이유로 현재 카르나크 일행은 대수림 곳곳의 의심스러운 장소를 돌며 마물들을 사냥하고 있었다.

세상 어딜 가든 그곳의 정보를 얻으려면 현지인과의 접촉이 제일 편한 법이다. 그리고 말레피쿠스 던전의 현지인이라면 검은 신의 사교도들이다.

그래서 마물들을 닥치는 대로 처리하며 어둠의 흔적이 있는지 확인하고 있었다.

던전 근처라면 마물들을 사령술로 지배해 외부 습격에 대비하고 있을 테니까.

하지만 한나절 넘게 이런저런 마물들을 해치웠는데 아직도 사령술사의 손을 탄 놈들이 나타나지 않는다.

세라티가 한숨을 쉬었다.

[그냥 예전처럼 카르나크 님이 척 보고 파악할 순 없나요?]

예전 사교도들 토벌하러 갈 땐 매우 쉽게 놈들의 본거지를 찾아내곤 했던 그였다. 그때처럼은 안 되냐는 질문이었다.

[놈들의 근거지가 산속이라면 가능해. 하늘로 사기나 탁기가 피어오르니까.]

카르나크가 고개를 저었다.

[하지만 땅속이라면 무리지.]

남들이 못 보는 걸 볼 수 있다 해도, 일단 존재는 해야 할 것 아닌가?

[애초에 땅에 막혀서 사기가 피어오르질 않는데 어쩌라고?]

[그렇군요. 계속 이대로 뺑뺑이 돌아야겠네요.]

몇몇 마물을 더 처리한 끝에야 드디어 원하던 놈들이 나왔다.

이족 보행을 하는 하이에나 형태의 마물, 그레이트 놀 무리였다.

마물들이 녹슨 창이며 장검 등을 움켜쥔 채 서툰 이솔라어를 토했다.

"인간!"

"침입자!"

"죽인다!"

카르나크가 방긋 웃었다.

"오, 다들 기뻐해라. 찾았다."

다른 일행의 얼굴에도 웃음꽃이 피었다.

"드디어!"

"그래도 오늘 안에는 찾았네요?"

"다행이다."

화기애애한 살기가 숲을 가득 메운다.

잠시 후, 개 잡는 소리가 대수림 곳곳을 울리기 시작했다.

"케에엑!"

"깨갱! 깨개갱!"

말레피쿠스 던전 남동쪽 입구 근처의 울창한 숲속.

서른 남짓의 젊은 사령술사 1명이 숲을 헤치며 걸어가고 있었다.

"오늘도 별일 없는 것 같군."

검은 신의 교단이 그에게 내려 준 임무는 웰라드 지부 남쪽 경비였다.

세간에선 사교도와 사령술사를 공포의 대명사로 여기지만 정작 이들에게도 무서운 대상은 많다.

여신교도 무섭고, 킹스 오더도 무섭고, 각종 모험가며 어둠사냥꾼 중에도 무서운 인간들이 한둘이 아니고…….

그러니 수시로 경계를 철저히 하지 않으면 안 되는 것이다.

계속 숲을 오가며 지배한 마물들의 상태를 체크하던 중이었다.

'어? 그레이트 놀 무리가 죽었나?'

이것만으로 외부 세력이 쳐들어왔다고 단정 지을 순 없었다.

칼렌타 대수림은 각종 마물들이 영역 다툼을 벌이는 곳이다. 그레이트 놀 무리도 다른 마물들에게 죽을 수 있다.

'확인해 봐야겠군.'

사령술사는 발걸음을 돌렸다.

그렇게 10여 분 정도 더 숲을 나아갔을 때였다. 갑자기 등 뒤에서 다른 사람들의 목소리가 들려왔다.

"찾았다."

"뭐야? 던전 밖을 돌아다니고 있잖아?"

"또 심문을 해야겠네요."

"귀찮게 일 두 번 하게 만드네."

기겁한 사령술사가 뒤를 돌아보았다.

"웨, 웬 놈들이냐!"

하지만 상대를 확인하진 못했다. 그 전에 육중한 타격이 안면을 강타한 탓이었다.

"그걸 알면 뭐가 달라지냐?"

퍼억!

순식간에 눈앞이 캄캄해진다.

채 신음도 흘리지 못한 채 사령술사는 그대로 고꾸라졌다.

주먹을 거두며 바로스가 카르나크를 돌아보았다.

"자, 그럼 정보 뽑으러 갑시다요."

평소처럼 사령술사 데리고 으슥한 데로 사라지려 할 때였다.

밀리아가 손을 들었다.

"제가 심문할게요!"

"음? 내가 해도 되는데."

"아니에요, 카르나크 대장님. 배려해 주시는 건 감사하지만……."

가슴에 손을 얹은 채 그녀가 단호한 표정을 지었다.

"저 역시 심문관의 위계를 받은 이, 이건 제 의무입니다."

맞는 말이었다.

밀리아가 한 사람 몫을 제대로 하려면, 언제까지고 험한 일을 기피할 수만은 없다.

반대할 말이 떠오르지 않아 카르나크가 머리를 긁적였다.

"아, 뭐, 그러렴."

밀리아는 우선 사령술사의 사지부터 꽁꽁 묶었다.

알리우스의 사교도 심문이 생각나 세라티가 물었다.

"우리가 자리를 비켜야 하니?"

"아뇨, 딱히."

알리우스는 라피셀을 신경 써서 일부러 자리를 피했지만, 밀리아는 그럴 필요성까진 느끼지 못하는 모양이었다.

하긴, 라피셀이 그동안 썰어 넘긴 마물들을 떠올리면 어지간히 잔혹한 장면쯤은 별문제 없을 것이다.

빛의 재갈을 소환해 입에 물리자 뒤늦게 사령술사가 정신을 차렸다.

"읍! 으읍!"

그런 상대를 내려다보며 밀리아가 방실방실 웃었다.

"재갈은 신경 쓰지 마세요. 당신의 영혼이 진솔해지면 저

절로 풀릴 겁니다."

어째 눈빛이 번들거리는 것이, 묘하게 살벌했다.

다른 일행이 슬그머니 뒤로 한발 물러섰다.

'어머, 쟤 표정 왜 저래?'

'묘하게 가까이하기 싫은데요.'

그러더니 양손을 빛내며 기도를 올린다.

"라티엘이시여, 당신의 종을 용서하소서……."

그녀의 눈이 더더욱 맑고 아름답게 빛났다.

한발 물러난 일행이 한발 더 물러났다.

'미, 밀리아 언니가 저런 표정도 다 짓네?'

성광이 깃든 양손이 사령술사의 머리를 감쌌다.

그 순간 재갈 사이로 처절한 절규가 터졌다.

"으브브브브븍!"

그제야 세라티는 깨달았다.

왜 당시 알리우스가 어린아이가 보기 좋은 광경이 아니라고 했는지를.

놈의 두 눈에 핏발이 선다. 전신의 혈관이 부풀어 오르고 피부가 보라색으로 변한다. 전신이 사시나무처럼 부들부들 떨린다.

"읍읍읍읍읍!"

표정이 어찌나 일그러지는지, 고통이란 단어를 형상화한 예술품처럼 보일 지경이었다.

보고 있던 세라티와 레번, 라피셀의 등골이 오싹해졌다.

그렇게 10여 분 뒤.

발버둥 치던 사령술사는 사라지고 숨 쉬는 시체(?)가 그 자리를 대신했다.

'아, 또 눈이 죽었다…….'

세라티는 새삼 혀를 내둘렀다.

직접 봐도 여전히 이해가 가지 않았다.

'대체 뭘 당하면 사람 눈알이 저렇게 되는 거래?'

뒤를 돌아보며 밀리아가 의기양양하게 말했다.

"심문할 준비 끝났어요, 카르나크 대장님!"

제압된 사령술사는 모든 질문에 적극적으로 답했다.

밀리아의 표현에 따르면 여신의 은총 아래 전폭적으로 심문에 협조했다 하겠다.

사교도들의 대략적인 전력이며 거주 인구수, 지형지물 등 모든 것을 순순히 불었다.

특히나 말레피쿠스 던전으로 잠입하는 루트를 알아낸 것이 컸다.

레번이 내민 지도를 가리키며 사령술사가 멍하니 말을 잇는다.

"이곳에 던전 외곽과 연결되는 비밀 통로가 있습니다······."

엄밀히 말하면 비밀 통로라 아니라 그냥 관리가 안 된 통로였다.

애당초 검은 신의 교단이 말레피쿠스 던전을 만든 게 아니다. 던전은 그냥 고대 유적이고, 그걸 저들은 적당히 일부만 보수해서 머무르고 있을 뿐이다.

던전 곳곳에 무너진 복도며 파편 사이의 빈틈 등이 잔뜩 존재하는 것이다.

그 틈새에 사람 한둘이 기어갈 수 있는 공간이 남아 있다? 그럼 그게 바로 비밀 통로지.

이래저래 숨겨진 통로가 많을 수밖에 없는 구조였다.

필요한 정보를 모두 캐낸 뒤 카르나크는 넋 나간 사령술사를 내려다보았다.

"이제 이자는 어쩌지?"

바로스가 난처한 듯 중얼거렸다.

"그러게요, 죽일 수도 없고."

이놈들이 갑자기 인명의 존엄함을 깨달아 이런 소릴 하는 건 당연히 아니다.

현실적인 이유가 있었다.

사령술사는 동료를 잃으면 강령술 써서 영혼을 소환해 버린다. 죽은 후에도 정보를 누설하는 경우가 은근히 많다.

카르나크와 바로스, 세라티끼리만 다닐 때야 영혼 뒤처리를 깔끔히 할 수 있었으니 별문제 없었지만, 지금은 살려 두어야 오히려 자신들의 접근을 숨길 수 있는 것이다.

세라티도 애매한 듯 뺨을 긁었다.

"그렇다고 대충 묶어서 아무 데나 내버려 둘 수도 없죠."

그랬다간 마물들의 밥이 될 텐데, 산 채로 천천히 뜯어 먹히게 만드는 건 아무리 사령술사라도 너무한 처사가 아닐까?

밀리아가 활짝 웃었다.

"괜찮아요. 이런 경우를 대비해서 심문관의 매뉴얼이 있으니까요."

여신의 자비는 사악한 사령술사마저도 널리 포용하는 법!

"그래서 여신교에선 이렇게 처리한답니다."

일단 땅 파고 깊숙이 묻어 버린다. 입에 대롱 꽂아서 숨은 쉬게 해 주고.

그 후에 대롱 주위에만 은밀하게 결계 쳐 주면, 마물들에게 들킬 걱정도 없다.

"본인은 좀 불편하겠지만 사흘 정도는 안전하게 지낼 수 있어요."

다른 일행의 표정이 뜨악하게 변했다.

"……좀 불편?"

"……사흘?"

"사람 미치기 딱 좋은 짓 같은데?"

여전히 밀리아는 화사한 미소를 유지하고 있었다.

"이미 미친놈들인걸요. 여신을 배신하고 금기를 범한 자들인데 이 정도 벌은 무거운 것도 아니죠."

죄를 지었는데 어찌 몸이 편하길 기대하겠는가? 이 고통이 저들의 죄를 씻어 주리라!

대충 이런 논리인 것 같았다.

[여신교, 의외로 살벌한 구석이 있네요.]

세라티의 전언에 카르나크가 쓴웃음을 지었다.

[7여신교는 원래 무서웠어. 내가 괜히 꺼리는 줄 알아?]

사교가 세상에 퍼지는 데는 다 이유가 있다.

7여신교가 전혀 흠이 없다면 검은 신의 교단도 저렇게까지 널리 세력을 얻지는 못했을 것이다.

팔뚝을 걷어붙이며 밀리아가 활기차게 외쳤다.

"그럼 땅 파는 것 좀 도와주세요!"

생사람 하나 생매장하는 데는 채 몇 분 걸리지도 않았다.

사령술사의 흔적도 땅속으로 완전히 사라졌다.

희미한 호흡이 새어 나오는 대롱만이 그가 살아 있다는 유일한 증거였다.

라피셀이 나직이 중얼거렸다.

"우리가 제때 못 돌아오면 이 사람, 이대로 죽는 거네요?"

"죄를 씻고 여신의 품으로 돌아갈 수 있을 테니 이자에게도 축복이겠죠."

기도를 올리는 밀리아의 표정은 그야말로 성녀처럼 순결해 보였다.

라피셀이 슬그머니 세라티 등 뒤로 모습을 숨겼다.

"밀리아 언니, 무서워……."

말레피쿠스 던전 입구는 숲속의 커다란 바위 틈새에 숨겨져 있었다.

그림자로 가려진 어둠 속에 오래된 금속 문이 깔려 있다. 대충 사람 두어 명 정도가 간신히 지나갈 작은 문이다.

"보아하니 일부러 숨긴 건 아니고 원래는 그냥 입구인데 지진 등으로 바위가 굴러와 막아 버린 모양이군."

중얼거리며 카르나크가 완드를 꺼내 들 때였다.

"부순다."

레번이 그를 만류했다.

"제가 먼저 열어 보겠습니다."

숲이 워낙 광활하고 유적도 워낙 넓으니 폭발음이나 진동 정도로 일행의 접근이 들킬 가능성은 거의 없다.

"하지만 조심해서 나쁠 것도 없죠?"

그가 품에서 유적 전용 록 픽 세트를 꺼내 들며 웃었다.

"이래 봬도 트레저 헌터 시절엔 못 따는 게 없는 레번이라 불렸답니다."

바로스가 미묘한 표정을 지었다.

실력이 좋은 건 확실한데 일류인지는 애매한, 딱 그 정도 느낌이다.

'그러니까 왜 댁이 그런 칭호로 불리냐고!'

그래도 칭호가 잘못되진 않은 듯했다. 몇 분 정도 매만지자 금속 문이 거친 소리를 내며 열렸다.

끼이이익…….

"가시죠."

말레피쿠스 던전

심문한 사령술사의 정보에 따르면 검은 신의 교단은 말레피쿠스 던전 서쪽 일부를 장악해 근거지로 삼고 있었다.

워낙 범위가 넓고 파손된 부분도 많으니 전부 사용할 순 없는 것이다.

주거지역은 대충 2할 정도, 나머지는 여전히 마물과 악령이 날뛰어 인간이 접근할 수 없는 지역이었다.

에디아는 저 주거지역의 제일 안쪽 깊은 곳에 갇혀 있다고 했다.

명분상으로는 갓 들어온 신입 교도들이 함부로 던전을 돌아다니면 위험하니 가장 안전한 지역을 내준 것이지만, 실제로는 도망 못 가게 가둬 놓은 것뿐이다.

그런 에디아를 구하기 위해선 두 루트 중 하나를 택해야
한다.

사교도들이 엄중한 경계를 서고 있을 주거지역을 정면 돌
파.

혹은 온갖 마물과 악령이 들끓는 비거주 지역을 우회해 잠
입.

얼핏 후자가 유리할 것 같지만 꼭 그렇지만도 않다.

이는 비유하자면, 성채 뒤쪽이 깎아지른 절벽이라 경비가
소홀하니 그쪽으로 침투하면 허를 찌를 수 있다는 소리와 같
은 것이다.

왜 절벽 쪽 경비가 소홀하겠는가?

보통은 다 올라오기도 전에 알아서 떨어져 죽으니까 그렇
지.

그럼에도 가끔 절벽을 기어올라 가는 보통이 아닌 놈들이
나온다.

현 카르나크 일행이 그런 경우였다.

　　　　　　　　　※

어둠이 맴도는 황폐한 지하 복도를 한 무리의 마물들이 내
달리고 있었다.

고슴도치와 늑대를 섞어 놓은 형태의 마물, 사카드 울프였

다.

대부분의 던전 마물들처럼 이들도 말레피쿠스 일부 구역을 차지해 보금자리로 삼고 있었다.

"크아아아!"

하나같이 눈이 붉게 물든 것이 흥분한 기색이 역력하다.

그럴 만했다. 감히 정체불명의 인간 하나가 자신들의 영역에 발을 디딘 것이다.

본능의 부름에 따라 사카드 울프 무리는 계속 침입자를 찾았다.

"크르르르······."

놈들의 털이 빛나며 어둠을 밝혔다.

역시 지하에서 사는 놈들답게 자체 발광 능력이 있었다.

빛 너머로 인간의 그림자가 어른거린다. 목표물을 발견한 사카드 울프들이 맹렬히 복도를 달렸다.

"카아아!"

그렇게 막 그림자가 사라진 석실로 뛰어들었을 때.

"크륵?"

놈들은 당황해 주위를 두리번거렸다.

분명히 이쪽으로 향했을 인간의 기척이 전혀 느껴지지 않았다.

텅 빈 공간에서 음산한 목소리만 울려 퍼진다.

"잘도 유인해 오셨군요."

"유리한 장소를 고르는 것도 트레저 헌터의 임무니까요."

금발의 기사와 붉은 머리 미녀, 어려 보이는 두 소녀가 차례로 모습을 드러낸다.

제일 뒤에 선 흑발의 마법사가 느긋하게 뇌까렸다.

"결계 쳐 놨으니 안심하고 썰어, 라피셀."

"네!"

잿빛 머리 소녀를 필두로 두 오러 유저가 사카드 울프 무리를 덮쳤다.

검광이 번뜩이며 선두에 선 마물 세 마리의 목이 일제히 날아갔다.

"카오오!"

"카악!"

계속 투기검이 번뜩인다.

실제 늑대보다 2배나 거대한 덩치인데 쉽게도 죽어 버린다.

사방에서 연달아 비명이 터졌다.

하지만 이 소리를 듣고 다른 마물들이 몰려올 일은 없다. 카르나크의 소리 차단 결계가 석실 전체에 펼쳐져 있으니까.

푸욱!

어둠 속에서 모습을 드러내며 레번이 마물 하나의 이마에 칼을 꽂았다.

그렇게 또 한 놈 해치우며 차분히 말을 건넨다.

"아, 공간 울림은 조심하세요. 함부로 주위를 부수면 벽을 타고 진동이 전해질 수도 있습니다."

강력한 오러 유저나 마법사는 실제로 건물을 무너뜨릴 수도 있으니 충분히 현실적인 조언이었다.

레번은 계속해 사카드 울프들을 상대해 갔다.

베고, 빠지고, 피하고, 흐름을 따라 공방을 이어 가는 모습이 상당히 준수했다.

[레번 경도 생각보다 센데요?]

과연 스트라우스 가문의 혈통답달까?

아직 20살에 불과하다는 걸 감안하면 출중한 실력임엔 틀림없었다.

[저 정도면 라피셀과 싸워도 밀리진 않겠……]

말하다 말고 바로스는 입을 다물었다.

저 나이에, 저 덩치에, 심지어 남녀 차이까지 있는데 고작 밀리지 않는 것이 자랑인가 싶다.

[과거의 우상이 몰락한 걸 보는 기분이네요, 이거.]

[몰락이 아니라 그냥 뜨기 전인 거지, 이 경우엔.]

피식거리며 카르나크는 계속 마법을 날렸다. 이글거리는 화염구가 마물들을 연신 태웠다.

콰콰콰쾅!

사카드 울프 무리가 전멸하는 데는 고작해야 3분이면 충분했다.

석실 가득 동강 나고 불탄 마물들의 사체가 즐비하게 널렸다.

그 모습을 지켜보던 라피셀이 문득 손가락을 빨았다.

"얘들, 혹시 먹을 수 있나요?"

기겁한 세라티가 되물었다.

"왜? 배고파?"

"아뇨. 그냥 고기 아까워서."

바로스와 카르나크가 전언으로 수군거리기 시작했다.

[라피셀이 원래 저런 성격이 아니었는데요?]

[너무 오래 굶겼나?]

[70년이 길긴 길었죠.]

한편, 레번은 다시 석실 밖으로 나서고 있었다.

"그럼 계속 진행하겠습니다."

※

고대 유적을 탐사할 시, 트레저 헌터의 존재는 필수다.

당장 길을 찾는 것부터가 쉽지 않다.

오래된 곳이다 보니 언제 어디서 무너질지 모른다. 멀쩡해 보이던 통로가 막다른 길인 경우도 비일비재하다.

이 모든 것을 미리 파악해 안전한 루트를 정하는 안목이 필요한 것이다.

이는 단순히 강하다고 되는 게 아니니 따로 전문적인 트레저 헌팅 경험이 있어야 한다.

레번은 꽤나 유능한 트레저 헌터였다.

수시로 석벽과 바닥을 두들기며 진동을 조사하고, 주위 구조물들의 형태를 과거 고대종의 문화와 비교하며 확실한 길을 찾아간다.

그 와중에 마물의 흔적을 발견하면 최대한 조우하지 않도록 피해 가는 것도 잊지 않았다.

"여긴 다크블의 서식지로 보이는군요. 그리 위협적인 놈들은 아닙니다만……."

덤벼드는 마물들을 해치우고 오만하게 처웃다가 주변 기둥 잘못 건드려서 생매장된 어리석은 모험가의 이야기는 의외로 흔하다.

"돌아갈 수 있으면 돌아가는 게 최선이죠."

아무리 마물들을 쉽게 해치울 능력이 있다 해도 던전 내에선 전투를 벌이는 것 자체가 리스크를 짊어지는 행위인 것이다.

벌써 몇십 분째 나아가고 있지만 다른 마물들은 나타나지 않았다.

레번이 진입 루트를 굉장히 잘 파악하고 있다는 증거였다.

그의 등을 지켜보던 카르나크가 무심코 중얼거렸다.

"이런 식으로 던전 탐사를 해 보긴 처음이군."

세라티가 의외란 표정을 지었다.

"엥? 설마 던전을 한 번도 안 와 봤어요?"

"왜 안 와 봤겠어?"

오긴 많이 왔다. 정말 많이.

"트레저 헌터랑 와 본 게 처음이란 소리야."

피식거리며 카르나크는 대화를 은밀한 전언으로 바꿨다.

[난 탐색자가 아니라 거주자 입장이었거든.]

왕년의 그가 던전을 찾은 이유는 보물을 찾거나 마물을 토벌하기 위해서가 아니었다.

던전의 주인이 되기 위해서였지.

그래서 던전을 진입하는 형태도 외곽에서부터 차근차근 영역을 넓히는, 일명 땅따먹기 방식이었다.

지금 레번이 보여 주는 트레저 헌팅과는 궤가 완전히 달랐다.

감회가 새로운 듯 카르나크가 중얼거렸다.

[남의 집 강탈하는 입장에서 털고 튀는 입장으로 바뀌었구나! 나도 많이 사람 된 증거인가?]

세라티의 표정이 묘해졌다.

분명 고대 유적 탐사는 불법이 아니고 트레저 헌터도 떳떳한 직업이긴 하다.

[틀린 말씀은 아닌데 표현이 좀……]

그러던 중이었다.

앞장섰던 레번이 갑자기 걸음을 멈췄다.

주변의 건축양식과 무너진 형태 등을 살피더니 밀리아를 부른다.

"망령이 출몰하기 좋은 장소군요. 확인 부탁드립니다, 신관님."

"또요?"

밀리아가 혀를 내둘렀다.

"신관인 저도 모르는 걸 대체 어떻게 아시는 거예요?"

심지어 카르나크도 내심 감탄하고 있었다.

'나도 모르겠다. 어떻게 아는 거야, 저거?'

레번이 별것 아니라며 대꾸했다.

"그래서 망령이 출몰하기 좋은 장소라고 한 거죠. 숨어 있는 장소가 아니라."

레번이라고 무슨 특별한 능력이 있어 숨어 있는 망령의 존재를 감지한다거나 하는 건 아니다.

그 부분은 신관들의 전문이다. 혹은 사령술사나.

"함정 탐지할 때랑 같은 요령입니다."

대부분의 던전은 아득한 과거에 존재했던 고대 종족의 건축물들이다. 그리고 저들의 건축물에는 문화양식에 따른 공통분모가 존재한다.

즉, 함정의 위치나 망령이 자주 출몰하는 장소 역시 어느 정도 공통점이 있는 것이다.

이런 자료들이 쌓이고 쌓이면 통계학적으로 '주요 함정 및 망령 출몰 위치'를 특정 지을 수 있게 된다.

"던전 자주 들락거리는 트레저 헌터들 사이에서 전해져 내려오는 소중한 지혜지요."

말하자면 군대를 이끄는 지휘관이 기습 매복을 눈치채는 것과 비슷하다.

유능한 지휘관이라면 어떤 지형이 매복하기 좋은지 알고 그 일대를 피하거나, 지나갈 경우에도 전군을 대비시키겠지.

그런 만큼 저 위치에 망령이 없을 가능성도 얼마든지 있다.

하지만 없어도 별문제는 없다. 그냥 '아, 이번엔 망령 안 나오네?' 하고 지나가면 그만이니까.

카르나크가 마력을 끌어 올렸다.

"밀리아, 준비해."

밀리아도 지팡이를 꺼냈다.

"부탁드려요, 대장님."

카르나크가 그녀에게 뭔가 마법을 걸었다.

그 상태로 밀리아가 조금 더 전진했다.

과연 레번의 예측이 맞아떨어졌다.

반투명한 묵빛 망령들이 하나둘 모습을 드러낸다.

벽에서, 바닥에서, 천장에서 새어 나오며 기이한 신음을 흘린다.

우우우우…….

으어어…….

망령들이 허공을 맴돌기 시작했다. 개중엔 밀리아의 코앞까지 닥친 놈들도 있었다.

그러나 그녀를 공격하지는 않는다.

으어?

망령들이 주위를 두리번거렸다.

뭔가의 접근을 눈치채고 모습을 드러내긴 했는데 정작 상대를 찾을 수가 없는 것이다.

밀리아가 지팡이를 높이 들었다.

"라티엘이시여, 가련한 이들의 영혼을 정화하소서!"

눈부신 빛의 파도가 망령들을 휩쓸었다. 그리고 일제히 사라져 갔다.

꺄아아아아…….

이 정도 정화 주문에 당하기엔 지나치게 강력한 망령들이지만, 전혀 예상 못 한 방향에서 뒤통수를 맞은 탓이 컸다.

그렇게 망령들을 깡그리 멸한 뒤 밀리아가 감탄을 흘렸다.

"와, 이 마법 진짜 편하네요. 사법의 기만자라고 했던가요?"

※

사법의 기만자(Circumventer of Necromancy).

사법의 대속자와 마찬가지로 카르나크가 창안한 대사령술사 전용 마법이었다.

"델트로스 영감에게 선금 두둑하게 받아먹었는데 그냥 입씻을 순 없잖아?"

사령술사의 능력을 역으로 이용하는 사법의 대속자와 달리 사법의 기만자는 악령을 상대하는 전용 마법이다.

이 마법을 펼친 대상은 악령들로부터 모습을 숨길 수 있게 되는 것이다.

여기까지만 보면 썩 대단한 마법은 아닌 것처럼 보인다. 이미 비슷한 수법이 신관의 신성술에도 존재하니까.

하지만 실질적인 효과는 전혀 달랐다.

기존의 눈속임 수법은 말 그대로 눈속임이었다. 조금만 힘을 과하게 쓰거나 크게 움직이면 바로 술법이 깨져 악령들에게 도로 노출되곤 했다.

반면 사법의 기만자는 저런 문제가 전혀 없었다.

일단 걸어만 놓으면 오러를 쓰건 마법을 쓰건 신성술을 날리건 절대 안 깨진다.

쉽게 말해서, 이쪽은 투명 인간인 채로 마음껏 악령을 두들길 수 있는 것이다!

"이것 말고도 사법의 중개자도 개발 중인데, 그건 아직 완성이 안 됐고."

"뭔데요, 그건?"

밀리아의 질문에 카르나크가 빙그레 웃었다.

"사령술 관련 물품을 이용해 가짜로 사령술을 펼치는 마법."

원래는 로이드 왕자를 속이기 위해 대충 거짓말로 때운 이야기일 뿐이었다.

그런데 나중에 생각해 보니 저런 마법이 실제로 있다면 엄청나게 쓸모가 많을 게 분명한 것이다.

그래서 열심히 연구 중, 이것도 완성하면 팔아넘겨 한몫 잡을 생각이었다.

어쨌거나 이번에도 레번의 예측은 맞아떨어졌다. 정확히 그가 예상한 곳에서 정확히 망령이 나왔다.

바로스가 의아해했다.

[그냥 트레저 헌터 경험이 있다 정도가 아니네요.]

저 정도면 상당한 경력자로 봐야 한다.

스트라우스 가문에서 무술만 익혔을 그가 대체 어디서 경험을 쌓았을까?

[슬쩍 물어보지, 뭐. 못 물어볼 내용도 아닌데.]

"언제부터 트레저 헌팅을 했냐고요?"

카르나크의 질문에 레번이 별것 아니라는 듯 입을 열었다.

"대충 4년 정도 된 것 같군요."

레번이 갓 16살이 되었을 무렵, 한창 스트라우스 본가에서 형 에밀과 함께 수행에 매진할 때의 일이다.

에밀은 평소에도 본가를 떠나 홀로 수련을 하는 경우가 잦았다. 그러던 중 우연히 숲속에서 입구 일부가 드러난 고대 유적을 발견했다.

스트라우스 공작가는 가문의 영지 외에도 델피아드 지방 전역에 영향력을 끼치고 있었다.

워낙 영역이 넓다 보니 고대의 유적이 발견된 것 자체는 딱히 드문 일이 아니었다.

그래서 보통은 이런 일이 생기면 적당히 모험가 길드에 뒤 처리를 맡기는 것이 상례였다.

하지만 이번 유적은 지나치게 본가와 가까웠다. 걸어가도 반나절이 채 걸리지 않는 위치였다.

이에 스트라우스 공작가는 직접 위협을 제거하기로 마음먹었다.

유명한 트레저 헌터들을 초빙하고, 가문의 기사와 병사 중에서 인원을 뽑아 탐사대를 꾸렸다.

발견한 고대 유적은 켈리안트 던전이라 명명되었다.

정작 발견자인 에밀은 던전 탐사에 전혀 관심이 없었다.

그는 오직 검의 길만을 추구하는 이였다. 그저 던전 탐사로 시끄러워진 탓에 평소 수련하던 숲에 갈 수 없게 되었다는 사실을 서운해할 뿐이었다.

반면 레번은 종종 탐사에 참가했다.

처음에는 그저 흥미 위주였다.

워낙 집에서 가까운 던전이었다. 가끔 생각나면 놀러 갈 수 있을 정도로.

그래서 수행 도중 시간이 날 때마다 탐사대에 끼어들었다.

스트라우스 가문의 일원으로 어릴 적부터 검술을 사사해 온 레번의 실력은 어지간한 기사들 이상이었다.

16살이라는 어린 나이임에도 직접 던전을 오가며 전투에 임했다.

무왕 갤러드도 그런 그를 그냥 내버려 두었다.

어차피 가문의 후계자는 에밀이었다. 둘째 아들인 레번은 어느 정도 풀어 줄 수 있었다.

물론 아예 놀러 다니는 것이라면 혼을 냈겠지만, 던전 탐사 정도는 실전 훈련의 일종으로 봐줄 수 있는 것이다.

그 와중에 레번은 던전 탐사, 특히 트레저 헌팅에 깊게 매료되었다.

가문에서 초빙한 트레저 헌터들은 썩 강한 편은 아니었다.

스트라우스 가문의 기사들은 물론이고 레번 자신과 비교해도 약한 자들이었다.

일대일 승부라면 열 번 싸워 열 번 모두 패퇴시킬 자신이 있었다.

그럼에도 던전에서 자신의 목숨을 구해 주는 것은 항상 트레저 헌터들이었다.

그것은 오직 검의 강함만을 알고 지낸 레번에게 새로운 세상을 열어 주었다.

　검술만이 전부가 아니다.

　때론 지혜와 지식이 검을 능가할 수도 있다.

　-이거라면 나도 에밀 형을 이길 수 있지 않을까?

　어차피 검의 길은 앞으로 평생을 바쳐도 에밀을 따라잡지 못할 것이다.

　그렇다면 다른 길을, 레번 자신만의 길을 걸어가는 것도 좋지 않을까?

　그렇게 1년이란 시간이 흘렀다.

　레번은 점점 더 트레저 헌팅에 깊이 매료되었다.

　결국 17살이 되던 해에 정식으로 아버지에게 말했다.

　모험가, 트레저 헌터가 되고 싶다고.

　무왕 갤러드의 대답은 예상외였다.

　-마음대로 하거라.

　스트라우스 가문의 둘째 아들이 부평초 같은 모험가가 되겠다는데도 별 반응을 보이지 않았다.

　갤러드에게 있어 가문의 모든 미래는 에밀을 중심으로 돌아가고 있었다. 둘째 아들이 뭘 하건 별 관심이 없는 것이다.

그냥 본인이 좋아하는 걸 즐기면 좋은 일이겠지 정도의 반응이었다.

-나중에 에밀의 발목이나 잡지 말고.

형에 대한 아버지의 편애는 평생 봐 오던 것이라 딱히 서운하거나 하지도 않았다. 그저 순순히 승낙을 받은 것이 기쁠 뿐이었다.

이후 2년 정도 모험가로 세상을 떠돌았다.

선배 트레저 헌터들을 쫓아다니며 7왕국 곳곳의 던전을 탐사해 경험을 쌓았다.

그 와중에 제법 이름을 날리기도 했다.

에밀과 비교해 부실하다는 것이지, 레번의 실력은 트레저 헌터나 하기엔 지나치게 뛰어났다. 당연히 유명해질 수밖에 없었다.

그렇게 19세가 되었을 때.

세상이 바뀌었다.

종말의 어둠에 대한 여신의 신탁이 정식으로 알려지고, 온갖 사교도와 사령술사가 사방에 들끓기 시작했다.

더 이상 유적이나 탐사하고 다닐 때가 아니었다.

레번은 트레저 헌팅을 잠시 멈췄다. 그리고 여신교에 협력해 어둠사냥꾼으로 활동을 시작했다.

"어쩌다 보니 어둠사냥꾼으로서도 제법 이름을 날리게 되었습니다. 그래서 친분이 있던 신관님이 저를 중앙에 추천했고……."

레번이 멋쩍은 듯 머리를 긁적였다.

"그래서 지금은 이렇게 킹스 오더로 일하고 있지요."

이야기를 들은 바로스가 카르나크에게 몰래 전언을 흘렸다.

[역시 과거가 바뀌었구만요.]

원래대로라면 에밀이 죽을 때까지도 레번은 본가에 머물며 수행 중이었다.

[우리가 시공 회귀한 이후 워낙 바뀐 부분이 많아 별로 신기할 건 없지만요.]

[아니, 이건 신경을 좀 써야 할 것 같은데?]

카르나크가 심각한 표정을 지었다.

[어쩐지 익숙한 이야기잖아.]

[익숙한 이야기라뇨?]

[레번이 16살 때, 대충 4년 전에 던전이 발견되었다는 거.]

제스트라드 영지에서 구리 광산이 발견되었을 때랑 시기

가 비슷하다.

[심지어 발견된 상황도 비슷하고.]

에밀이 숲속에서 수행을 쌓다가 우연히 고대 유적의 입구를 발견했다?

카르나크의 둘째 형, 파랄트의 경우와 별 차이가 없는 것이다.

그 역시 무술 수행 도중 영지 인근 산속에서 대규모 구리 광맥을 찾았다고 했다.

[미처 신경을 쓰지 않았는데, 생각해 보니 저것도 좀 이상한 이야기였군.]

[뭐가요?]

[바로스, 네가 파랄트 형의 입장이 되었다고 생각해 봐. 그리고 수행 중 우연히 동굴을 하나 발견했다 치자.]

카르나크가 쓴웃음을 지었다.

[너 같으면 그 동굴이 구리 광산인 줄 알아볼 수 있겠냐?]

[어, 그러고 보니…….]

아무리 제스트라드의 구리 광산이 노천광에 가깝다 해도, 드러난 부분만 보고 광맥인 줄 알아차릴 정도면 지질학에 상당한 조예가 있어야 한다.

[그 인간이 그렇게 유식했던가요?]

카르나크가 코웃음을 쳤다.

[글자도 간신히 읽던 양반인데 그럴 리가 있나.]

바로스의 안색이 살짝 굳었다.

[가만있자, 켈리안트 던전이 원래는 언제 발견되는 거였죠? 스트라우스 가문 근처에 있었다는 사실은 저도 아는데.]

대부분의 고대 유적은 그 위치나 유래가 명확하지 않다.

험지에 숨겨져 있기도 하고, 보물을 노리는 트레저 헌터들이 의도적으로 정보를 숨기는 일도 비일비재하니까.

하지만 켈리안트 던전은 워낙 유명했다.

단순히 위치 때문에.

일국의 왕가와도 비견되는 스트라우스 가문 바로 옆에 고대 유적이 나타났으니 트레저 헌터가 아니더라도 호사가들의 입에 오르내리지 않을 수 없는 것이다.

게다가 카르나크는 유적의 발견 시기까지도 알고 있었다.

[원래대로라면 10여 년 뒤에나 발견되지.]

정확히 기억하는 이유가 있다.

켈리안트 던전뿐 아니라 7왕국의 많은 던전이 10여 년 후에 여기저기서 발굴되기 때문이다.

카르나크가 일으켰던 대기근 탓이었다.

기껏 키우던 작물 대부분이 병들어 죽었다. 먹고살 길이 없으니 많은 농민들이 다른 살길을 찾아 고향을 떠났다.

개중엔 마물들이 득실거리는 깊은 산속이나 험준한 숲으로 향한 이들도 있었다.

카르나크가 일으킨 대기근은 일반적인 기후 이변으로 인

한 기근이 아니었다. 인위적으로 돌림병이 돌아 곡물만 타격을 받은 특이한 기근이다.

즉, 숲의 열매나 산속의 짐승 등에는 별 영향이 없는 것이다.

단지 각종 마물들의 서식지이니 평소엔 거기까지 손을 뻗지 않았을 뿐이지.

농사를 망쳤으니 채집, 사냥이라도 시도하기 위해 많은 이들이 험지로 향했다.

그 와중에 많은 이들이 마물에게 죽어 갔고, 또 그 과정에서 숨겨진 유적도 대거 찾게 되었다.

[켈리안트 던전 역시 그런 식으로 발견되었어야 했지. 이렇게 빨리 드러날 것이 아니라.]

둘의 대화를 듣고 있던 세라티가 슬쩍 물었다.

[그런데 제스트라드 영지의 광산은 미래에도 발견되지 않는다면서요? 상황이 다르지 않아요?]

[그게, 나도 이제까진 그런 줄 알고 있었는데…….]

카르나크가 어깨를 으쓱였다.

[생각해 보니 차후에 광산이 개발되었는지 아닌지 모르더라고, 내가.]

[자기 영지에 광산이 생긴다는 사실을 왜 몰라요?]

[당시엔 그게 제스트라드 영지가 아니었으니까.]

몇 년 후에 제스트라드 가문에 광산이 생긴다?

그런 일은 있을 수 없다.

그때쯤엔 이미 제스트라드 가문이 남아 있지도 않았거든.

가문의 영지를 차지한 다른 귀족들이 차후에 광산을 개발했을지도 모르는 일이긴 하지만…….

[그땐 이미 정신없이 쫓겨 다니는 신세였지. 미련도 없는 고향 땅에는 아무런 관심이 없었어.]

카르나크는 잠시 생각에 잠겼다.

가문의 구리 광산 하나 정도야 우연으로 치부할 수 있지만 똑같은 상황이 또 벌어졌다면 뭔가 있다고 봐야 한다.

'누군가 일찌감치 광산이며 던전 개발을 하고 있나?'

자신처럼 미래의 정보를 아는 자가 또 있다면 충분히 있을 수 있는 일이었다.

레번을 돌아보며 카르나크가 물었다.

"궁금한 게 있는데 말입니다."

"예? 말씀하시죠."

"그 던전에서 고대의 보물 같은 것도 많이 나왔습니까?"

"예, 제법 나왔지요. 아무도 손대지 않았던 유적이니까요."

"그 보물들은 어떻게 처리하셨습니까?"

"상례대로 트레저 헌터들과 저희 가문이 나눠 가졌습니다. 대부분 테카스 상회에 팔았지만 말입니다."

"테카스 상회요?"

"예. 트레저 헌터들을 소개해 준 곳이 거기였거든요."

대답하며 레번은 고개를 갸웃거렸다.

별로 이상한 이야기도 아닌데 왜 관심을 가지느냐는 표정이었다.

카르나크가 얼른 둘러댔다.

"혹시나 여기서도 보물이 나오면 어떻게 해야 하나 싶어서 말입니다. 그거 비싸게 팔립니까?"

레번이 고개를 저었다.

"별로 기대하시지 않는 게 좋을 겁니다. 이곳은 버려진 유적지잖아요?"

말레피쿠스 던전은 아무도 발견한 적이 없는 미답의 유적이 아니다.

몇 번이나 트레저 헌터들이 드나들고, 그 후로 오랜 시간 버려져 도로 마물들의 거주지가 된 케이스다.

"보물은 진작 다 털어 갔을 겁니다."

"그렇군요. 아쉽네요."

대충 이야기를 마무리한 뒤 카르나크는 몰래 미간을 찌푸렸다.

[또 테카스 상회라고?]

처음 회귀했을 땐 그냥 귀찮은 광산 일 알아서 처리해 주는 편한 놈들 정도로만 생각했는데, 어째 여기저기 얽히는 일이 많다.

[이놈들, 수상한데.]

세라티가 미심쩍다며 반문했다.

[설마 일개 상회가 감히 무왕의 가문에 수작을 부렸을까요?]

[이런 식의 수작질은 별문제가 생기지 않지.]

무슨 수를 쓴 건지 모르겠지만, 던전도 광산도 관련 가문에서 발견했지 테카스 상회가 얽히지는 않았다.

상회는 당당히 합법적으로 접근해 합리적인 수준의 수익만을 가져갔다.

이래서야 의심할 이유가 있을 리 없다.

[실제로 우리도 테카스 상회 쪽은 아무 의심도 안 했잖아.]

어쨌든 지금은 에디아부터 구출하는 것이 급선무였다.

[일단 우리 상회부터 살려 놓고 저쪽 상회를 조사해 봐야겠다. 어차피 경쟁자니까 알아 둬서 나쁠 건 없어.]

✳

카르나크 일행은 계속 던전 안쪽으로 진입했다.

꾸준히 마물들을 처리하고 악령들을 피하며 나아가던 중이었다.

어느새 주변 환경이 변했다.

구조물이 파손된 빈도수가 크게 줄었다. 천장이며 벽의 상태도 한결 좋아졌다.

그렇게 복도 하나를 돌아 제법 커다란 공간이 나왔을 때였다.

안쪽을 들여다보며 레번이 속삭였다.

"주거지역이군요."

굳이 그가 알려 주지 않아도 다들 이곳이 주거지역임을 알아차렸다.

여태 지나왔던 곳과 달리 벽면에 마력등이며 횃불 등이 걸려 있는 것이다.

게다가 마물이나 악령이 들끓는 곳에는 절대 존재할 수 없는 물건들도 보인다.

잔뜩 널어놓은 빨래였다.

높이 수 미터가 넘는 커다란 공동.

석벽마다 고대종의 문화가 그려진 양각 벽화가 새겨져 있다. 중앙부엔 두꺼운 기둥이 솟아 천장을 받친다.

오랜 세월의 풍파 속에서 상당 부분 마모되었지만, 그럼에도 채 지워지지 않은 고풍스러운 아름다움이 곳곳에 드러난다.

그 거대한 공간을 각양각색의 빨래들이 뒤덮고 있었다.

주위를 둘러보며 세라티가 혀를 찼다.

"갑자기 생활감이 확 느껴지네요."

장엄해야 할 고대 유적이 기숙사 뒤뜰 분위기로 변해 버린 것이다.

레번이 쓴웃음을 지었다.

"사교도들도 사람인데 옷 더러워지면 빨아 입어야죠."

라피셀이 고개를 갸웃거렸다.

"왜 굳이 비거주 구역 근처에 빨래를 널어놓은 걸까요?"

조금만 벗어나면 마물들이 출몰할 텐데 이런 곳을 빨래하는 아낙네들이 드나들게 만든 건 좀 이상해 보였다.

바로스가 고개를 저었다.

"반대야."

비거주 구역 근처라서 빨래를 널어놓은 것이다.

"딱히 이상할 것 없어. 원래 성채 같은 데서도 절벽 쪽 뜰에 빨래 널고 야채 말리고 하잖아?"

원래 저런 잡일을 하는 공간은 대부분 외진 곳이기 마련이다. 이곳이 던전이라 조금 특이해 보일 뿐이지.

"듣고 보니 그러네요."

잔뜩 널린 빨래들 사이로 조심스레 지나간다.

그렇게 공동을 빠져나와 다른 복도로 진입할 때였다.

밀리아가 발걸음을 멈췄다.

"눈치채셨어요, 대장님?"

"그래, 사령술사다."

카르나크도 일행을 제지했다.

"아무래도 이 근처에서 경계를 서고 있는 모양이군."

"서고…… 있는 것 같진 않지만요."

좀 더 다가간 뒤, 저 멀리 상대의 모습이 눈에 들어온 후에야 일행은 밀리아의 묘한 표현을 이해했다.

커다란 철문으로 막힌 복도 끝에 검은 로브를 입은 30대 사내가 누워 있었다.

그냥 누운 정도가 아니다.

아예 망토 말아서 베개 만들어 베고 본격적으로 취침 중이다. 심지어 코도 골고 있다.

"드르렁……."

바로스가 실소를 흘렸다.

"경계 설 생각 전혀 없구만."

그렇다고 무시하고 지나갈 수도 없었다.

레번이 복도 좌우로 세워진 4개의 마물 석상들을 가리켰다.

"저걸 믿고 있는 모양인데요?"

석상마다 어둠의 기운을 진하게 풍기고 있으니 정체가 뭔지 짐작하는 것은 전혀 어려운 일이 아니었다.

"가고일입니다."

가고일은 평소엔 석상처럼 굳어 있다가 술사의 명령이 떨어지면 곧바로 깨어나 침입자를 공격하는 마물이다.

돌과 비슷한 경도를 지니고 있어 꽤나 귀찮은 상대이기도

하다.

"어디까지나 깨어날 경우의 이야기지만."

히죽 웃으며 카르나크가 일행을 돌아보았다.

"간만에 7대대식 낚시를 해 볼까?"

밀리아와 바로스, 세라티의 입가에도 미소가 떠올랐다.

주거지역 외곽 빨래터의 경계는 사령술사들이 가장 좋아하는 임무였다.

조금만 벗어나도 비거주 구역이니 경비를 안 설 순 없다.

하지만 강력한 사령결계 덕분에 마물들이 주거지역으로 올 가능성은 거의 없다.

그래서 이곳의 경계 임무는 그냥 낮잠 시간 정도로만 인식되고 있었다.

검은 신의 교단 웰라드 지부의 2급 암흑 신관, 발터 역시 마찬가지였다.

한창 복도 끝에 누워 꿀 같은 단잠을 즐기던 중이었다.

'읍!'

뭔가가 그의 입을 막았다.

놀란 발터가 눈을 떴다.

'뭐, 뭐지?'

빛이 나는 재갈 비슷한 것이었다.

허겁지겁 재갈을 벗기려 발터가 양손을 입으로 가져갔다.

차르륵!

사슬 풀리는 소리와 함께 뭔가가 그의 목을 강하게 옥좼다.

숨이 턱 막히며 정신이 몽롱해진다.

"크읍!"

바닥에 누운 채 그는 발버둥을 쳤다.

어서 가고일을 깨워 이 사태를 해결해야 했다.

하지만 그럴 틈이 없었다.

목을 감싼 사슬이 발터를 그대로 잡아당겨 버린다!

"……으브브브읍!"

바닥에 질질 끌려가며 그는 계속 버둥거렸다.

'입만, 입만 움직이면 가고일을 깨울 수 있는데!'

아니, 입이 움직이지 않더라도 정신을 집중해 어둠의 힘을 발동하면 가고일을 깨울 수 있을 터!

늦었다.

어느새 발터의 몸은 복도 반대편까지 당겨진 후였다.

석상과 너무 멀어졌다. 여기까지 와 버리면 이제 입이 자유로워도 가고일을 깨울 수 없다.

처음 보는 흑발의 사내가 눈앞에 나타났다.

"플라이 낚시 성공."

"읍읍읍읍!"

발버둥 치는 발터를 내려다보며 밀리아가 양팔을 걷어붙였다.

"그럼 심문할까요?"

세라티는 황당해하며 그녀를 돌아보았다.

꽤나 흥분했는지 볼이 발갛게 물들어 있다.

'밀리아 양이 저런 성격이었나?'

분명히 처음 7대대 들어왔을 땐 사교도 비명 소리만 들어도 몸서리를 치지 않았던가? 그래서 카르나크가 심문 임무에서 빼 줄 땐 고마워하고 그랬던 것 같은데.

밀리아가 양손을 모으고 기도를 올렸다.

"……라티엘이시여, 정의로운 고문을 허락해 주세요."

발터의 안색이 흙빛으로 변했다. 생전 처음 듣는 무서운 말이었다.

"으브브븝!"

10여 분 뒤.

발터 역시 '여신의 은총에 감화되어 전폭적으로 협조하는 상태'가 되었다.

하지만 아쉽게도 에디아에 대해선 전혀 모르고 있었다.

사실 이쪽이 당연하긴 했다. 그녀가 무슨 유명 인사도 아니니까.

하지만 누가 알고 있을지에 대해서는 순순히 불었다.

"주거지역의 교인들은 1급 신관 소레스 님이 관리하고 있습니다. 그분이라면 알고 있을 겁니다."

듣고 있던 밀리아가 코웃음을 쳤다.

"알고는 있었지만 들을 때마다 어이가 없네요. 사교도 주제에 스스로를 신관이라 칭하다니……."

또한 발터는 소레스의 거처와 그곳까지 가는 길이며 근처 지하 구조물의 형태까지 낱낱이 토했다.

역시 여신교의 심문이 효과가 좋긴 좋았다.

"그럼 이자에게 알아낼 건 다 알아냈으니……."

대롱을 내밀며 밀리아가 눈을 반짝거렸다.

"묻을까요?"

돌로 된 구조물 안이라 숲에서처럼 땅 파고 묻을 순 없다.

하지만 여기저기 부서진 파편들이 워낙 많은 것이다.

그냥 파편 좀 잘 쌓아서 석관처럼 꾸민 뒤, 안에 넣고 입구 막는 걸로 충분하다.

그렇게 발터는 기절한 상태로 생매장되었다.

처음에는 다들 조금씩 저어하더니 지금은 별 거리낌도 없이 사람 하나 퍽퍽 잘도 묻는다.

이래서 인간은 적응의 동물이라는 것 같았다.

뒤처리를 끝낸 뒤 카르나크 일행이 다시 의견을 나눴다.

"이제 그 소레스란 놈을 찾아야겠군요."

주거지역이라면 다른 사교도들도 꽤나 많을 것이다. 이를 감안해 레번이 말을 이었다.

"사교도로 변장해서 잠입하는 게 제일 확실할 것 같습니다."

문제는 사교도로 변장하려면 위장복이 있어야 한다는 점이다.

"이런……."

발터가 묻힌 곳을 돌아보며 카르나크가 귀찮은 듯 중얼거렸다.

"저놈 도로 파내서 옷 벗기고 다시 묻어야 하나?"

라피셀이 슬그머니 손을 들었다.

"위장복이라면……."

그리고 등 뒤를 가리켰다.

"저런 거요?"

일행 전원이 그녀의 어깨 너머를 바라보았다.

빨래란 이름의 수많은 위장복이 한가득 널려 있었다.

※

주거지역은 사람 사는 마을이라기보단 오히려 군대의 병

영 같은 분위기였다.

모두가 똑같은 복장(검은 로브에 해골 목걸이)으로 각자 맡은 일만 하고 있으니 그럴 법도 했다.

그 사이로 검은 신의 교도 6명이 빨래를 한 아름 든 채 움직이고 있었다. 사교도로 위장한 카르나크 일행이었다.

일행이 지나가자, 경계를 서고 있던 다른 사교도들이 알은척을 했다.

"음? 빨래 옮기나?"

"수고하시구려."

분명 모르는 얼굴임에도 다들 별생각 없이 무시하고 지나간다.

워낙 던전 안쪽에 위치해 있다 보니 외지인이 들어올지도 모른다는 경계심 자체가 없는 것이다.

웰라드 지부의 인구가 슬슬 300명이 넘어간다는 것도 이유 중 하나였다.

300명이 대규모 인원은 아니지만, 그렇다고 또 얼굴을 전부 외울 정도로 만만한 숫자도 아닌 것이다.

게다가 복장도 서로 비슷하다.

특히나 여성은 머리에 두건까지 쓰고 있으니 더더욱 구별하기 어렵다.

그저, 가끔 세라티의 미모에 혹하는 사내들이 튀어나오는게 전부였다.

"아니, 저런 미녀가 있었나?"

"아가씨, 언제 우리 교단에 입교하셨소?"

그런 놈들은 조용히 으슥한 방으로 끌고 가 처리했다.

대롱 꽂은 채 숨만 쉬는 신세가 되었단 소리다.

별문제 없이 주거지역을 통과해 좀 더 나아가니 마침내 목적지인 소레스의 거처가 보였다.

커다란 공동 한편에 깊숙이 뚫린 복도 안쪽이었다.

"저긴가?"

인기척을 느낀 라피셀이 인상을 썼다.

"소레스 혼자 있는 게 아니네요."

최대한 조용히 제압하는 것이 여러모로 일이 편하다.

레번이 문을 매만져 보더니 록 픽을 꺼냈다.

"제가 문을 따겠습니다."

그의 솜씨는 과연 일품이었다. 소리 없이 문이 열렸다.

내부 복도를 따라 조금 더 걸어가자 커다란 침실이 나왔다.

옷이 반쯤 벗겨진 소녀가 침상에 걸터앉아 바들바들 떨고 있었다.

"이, 이러지 마세요!"

"흐흐흐, 순순히 말을 들거라!"

상의를 탈의한 배 나온 중년 남자가 음흉한 미소를 지으며 소녀를 밀어붙인다.

"모든 것은 테스라낙 님의 뜻이란다. 자, 이리로……."

나이 든 사내가 자신의 지위를 이용해 어린 여성을 추행하려 한다.

당연히 정상적인 감성을 지닌 이라면 보자마자 분노를 느끼지 않을 수 없으리라.

하나, 그 모습을 지켜본 카르나크 일행의 표정에 분노는 없었다.

'어…….'

'음…….'

'저거…….'

카르나크와 바로스야 원래 그런 놈들이니 그렇다 치자.

세라티와 밀리아, 심지어 라피셀마저도 분노한 기색이 없다. 황당과 당황, 그리고 애매함만이 얼굴 가득 맴돌 뿐이다.

'저게 무슨?'

뒤늦게 중년 사내, 소레스가 일행의 존재를 알아채고 뒤를 돌아보았다.

"누, 누구냐?"

외침과 동시에 헐벗은 소녀를 등 뒤로 감추며 고함을 지른다.

"감히 허락도 없이 이곳에 들어왔단 말이냐?"

얼굴이 시뻘게진 그를 보며 일행은 혀를 내둘렀다.

"그간 더럽다고 욕먹는 사령술사들을 많이 보긴 했는

데……."

"이런 식으로 더러운 놈은 또 처음이네요."

세라티와 레번이 저런 식으로 말한 이유가 있었다.

"저거 좀비잖아?"

그렇다.

지금 소레스는 좀비 소녀를 사령술로 조종해 혼자서 상황 극을 하고 있는 것이다!

세상을 정복하며 온갖 짓 다 해 본 카르나크와 바로스조차 도 상상치 못했던 엽기적인 행각이었다.

"그런데 좀비가 어떻게 저렇게 말을 잘하죠?"

"복화술인 것 같은데요."

말인즉슨, 그 꾀꼬리 같던 소녀의 음성은 소레스 자신이 냈단 소리.

"……그렇게까지 할 일이에요, 이게?"

"그러게 말입니다. 뭐 이렇게 추잡하게 불쌍한 놈이 다 있 지?"

경멸과 안쓰러움이 뒤섞인 눈빛이 소레스에게 쏟아졌다.

"오, 오해다! 이건 어디까지나 교단의 전사로 다시 태어나 는 과정……."

손을 내젓던 소레스의 표정이 문득 바뀌었다.

주거지역 전체를 통괄하는 만큼, 그는 대부분의 교도들을 기억하고 있었다.

"잠깐! 네놈들은 우리 교도가 아니잖아?"

자신의 추태를 발견한 것이 교도가 아니라는 사실에 안도하는 표정이었다.

비웃으며 바로스가 앞으로 나섰다.

"지금 당신이 안심할 처지가 아닐 텐데?"

"아, 아차!"

뒤늦게 침입자라는 사실을 깨달은 소레스가 좀비를 움직여 반격하려 했다.

하지만 이미 너무 늦었다.

"어딜!"

바로스가 먼저 소레스의 명치에 깊숙한 펀치를 박아 넣었다.

단 한 방에 전신이 마비되며 다리가 풀린다.

"커억!"

고통스러워하는 상대를 내려다보며 카르나크는 인상을 구겼다.

항상 사람들이 역지사지를 입에 담았지만 내내 이해를 못 했는데, 이제야 좀 이해가 간다.

'……내가 이딴 거랑 비슷한 놈이었단 말이야?'

과연 소레스는 에디아에 대해 알고 있었다.

예상과 달리 그녀는 웰라드 지부의 주요 관리 대상이었다.

"처음부터 에디아 씨가 목적이었다고? 알타스 상회가 아니라?"

"예."

카르나크 일행은 이번 납치 사건이 어디까지나 상회 간의 암투인 것으로만 생각했다.

테카스 상회에서 약소 상단을 집어삼키기 위해 오웬트를 이용했을 뿐이라고.

그런데 그보다는 조금 더 복잡한 사정이 있는 듯했다.

"먼저 노린 것은 오웬트 알타스였습니다. 그에게 뛰어난 상재가 있으니 꼭 교단으로 끌어들이라는 명령이 내려왔거든요."

인상을 쓰며 카르나크가 질문을 이었다.

"오웬트는 행상 출신의 약소 상단주일 뿐이다. 왜 그를 뛰어난 상인이라고 여긴 것이지?"

"그건 모르겠습니다. 그냥 윗선의 지시라서……."

카르나크와 바로스가 눈빛을 교환했다.

[이거 역시…….]

[미래에 대해 아는 놈이나 할 법한 짓이죠?]

그런데 막상 끌어들이고 보니 오웬트란 인간이 생각보다 너무 멍청했다고 한다.

아무리 좋게 봐줘도 상재가 뛰어날 것 같지 않았다고.

좀 더 알아본 후에야 진짜 상회를 경영하는 건 아내인 에디아이고 오웻트는 단순히 얼굴마담이란 사실을 알게 되었다.

"그래서 다시 에디아를 납치했다, 이거군?"

"예."

그런 만큼 그녀는 현재 웰라드 지부의 최상급자인 휴고트가 직접 관리하고 있었다.

수시로 미사에 참석시켜 지속적으로 현혹술을 걸면서 사교도가 되도록 세뇌하는 것이다.

깨어 있을 때는 항상 감시자가 옆에 붙어 있고, 잘 때도 탈출을 경계해 독방에서 홀로 지내게 한다고 한다.

"독방이면 몰래 빼내기엔 오히려 편하겠군요."

밀리아가 눈을 반짝였다.

"레번 씨, 아까 지도 찾았다고 하셨죠?"

다른 일행이 소레스를 심문할 동안 레번은 그의 방을 열심히 뒤지고 있었다.

주거지역의 총관리자이니만큼 이런저런 서류며 장부가 꽤 많았다.

사교도들이 장악한 말레피쿠스 던전의 상세 지도는 물론이고 자잘한 식료품 서류며 생필품 거래 장부 등도 찾았다.

이런 것만으로도 남녀 성비나 인원수 파악이 가능하다.

무기의 배급을 역산하면 총전력에 대해서도 대략적인 추측을 할 수 있다.

카르나크 일행의 원래 임무가 '사교도들의 총전력 파악'인

만큼 이런 것도 소홀히 할 수는 없는 것이다.

아까 찾은 지도를 내밀며 레번이 물었다.

"에디아 씨의 위치는?"

"위치는……."

넋 나간 얼굴로 소레스는 모든 질문에 넙죽넙죽 답했다.

더 이상 캐물을 것이 남지 않자 밀리아가 두 눈을 반짝 빛냈다.

"이 인간은 어디다 묻을까요, 카르나크 대장님?"

어쩐지 사교도 생매장하는 데 재미 붙인 모양이었다.

물론 돌바닥 파헤치면서 온갖 소음을 낼 순 없으니 저 의견은 기각.

"기절시켜서 벽장에 쑤셔 박아."

소레스를 눈앞에서 치운 뒤 카르나크는 잠시 생각에 잠겼다.

에디아의 위치를 파악했으니 이제 남은 건 모두가 잠들길 기다렸다가 그녀를 구하는 것뿐이다.

그런데 어디에 숨어 있어야 사교도들 눈을 잘 피할 수 있을까?

방을 둘러보며 카르나크가 쓴웃음을 지었다.

"여기만 한 장소가 없네?"

소레스는 내일 아침까지 절대 아무도 자기 방에 들어오지 못하게 엄포를 단단히 놓았다.

뭐, 왜 그랬는지는 이해가 간다. 이해하긴 싫지만.

"그냥 여기서 기다리고 있으면 절대 안 들키겠어. 적어도 소레스보다 상급자가 나타나지 않는 한은 말이지."

다행히 소레스의 방은 일행 전원이 쉬기에 충분히 넓었다.

다들 적당한 곳에 주저앉아 휴식을 취하기로 했다.

아무 생각 없이 카르나크가 밀리아와 라피셀에게 권했다.

"둘은 침대에서 쉬는 게 좀 더 편하지 않을까?"

두 소녀의 표정이 와장창 일그러졌다.

"저 침대요?"

"……절대 싫은데요."

"아, 그렇겠네."

납득하며 카르나크는 고개를 끄덕였다.

그리고 스스로 납득했다는 사실에 놀랐다.

[어, 두 사람의 심정이 이해가 간다, 나?]

[저도요, 도련님. 제법 사람 된 것 아닐까요, 우리?]

두 주종을 바라보며 세라티는 애매한 미소를 지었다.

저런 걸 가지고 사람이 되었다고 해야 하나?

'하긴, 첫걸음을 떼는 게 제일 어려운 법이라고는 하니까.'

오늘도 하루 일과가 끝났다. 대부분의 마력등과 횃불이 꺼지고 주거지역 전체에 적막한 어둠이 감돌기 시작했다.

에디아는 감옥이나 다름없는 독방에 홀로 갇혀 있었다.

'이제 어찌해야 하지.'

허름한 침대에 누워 천장을 올려다본다.

열심히 정신을 지키려 하고 있지만 쉽지 않다. 시간이 흐를수록 딴생각이 든다.

어쩌면 이들이 그렇게 나쁜 사람들은 아니지 않을까?

여기도 다 사람 사는 곳인데, 일단 사교도인 것처럼 굴면서 신뢰를 얻은 후 나중에 탈출하면 되지 않을까?

그녀는 세차게 고개를 저었다.

'아니, 그러면 안 되지.'

본심이 어떻든 간에 저기까지 가면 이미 자신도 사교도의 일원이 된 셈이다. 더 이상 예전처럼 살 수 없게 된다.

'자꾸 왜 이런 생각이 드는 건지 모르겠네.'

애써 에디아는 상념을 다잡았다.

'그래, 이놈들이 제대로 된 놈들일 리가 없잖아.'

그렇지 않다면 왜 낮에는 항상 감시자를 옆에 붙이고, 밤에는 이렇게 독방에 가두어 놓겠는가?

물론 명목상의 이유가 있긴 하다.

옆에 붙은 이는 감시자가 아니다. 신입 교도를 이끌어 주는 멘토이자 사수다.

독방에 가둔 게 아니다. 오히려 특별 대우를 해 개인실을 내준 것이다.

"흥!"

그녀는 비웃었다.

'정말 그런 이유라면 저 문고리는 왜 밖에서 잠그는 건데? 정말 개인실을 내준 것이라면 안에서 잠겨야지.'

에디아가 어둠 저편의 문고리를 노려볼 때였다.

갑자기 문고리가 소리 없이 돌아갔다.

'어?'

너무 조용해서 순간 잘못 본 건가 의심마저 들 지경이었다.

하지만 그것이 끝이 아니었다.

이번엔 문이 열린다.

여전히 아무 소리도 없다. 분명 에디아가 열 때는 삐걱거리는 쇳소리가 났었는데?

적막을 깨고 희미한, 하지만 익숙한 목소리가 들렸다.

"에디아 씨, 계십니까?"

한 무리의 일행이 방 안으로 들어온다.

선두에 선 흑발의 사내를 보며 그녀는 눈을 의심했다.

"……카르나크 공?"

틀림없었다. 알타스 상회의 최대 투자자인 카르나크 남작이었다.

"어떻게 이곳에……."

"구하러 왔습니다. 다행히 무사했군요."

에디아가 희미하게 몸을 떨었다.

"아아……."

그녀는 유능한 상인이었다. 자신이 사라질 경우 알타스 상회가 어떤 식으로 돌아갈지 모르지 않았다.

그럼에도 이 머나먼 타국까지 구하러 와 줬단 말인가? 오직 그녀의 상인으로서의 가치를 믿고?

이토록 그녀를 인정해 준 이가 또 있었던가?

격한 감동이 몰려오며 자기도 모르게 눈물이 주르륵 흘렀다.

레번이 혀를 찼다.

"이런, 고초가 심하셨던 모양이군요."

다들 안쓰러워했다.

얼마나 고생을 했으면 구조대를 보자마자 눈물을 보일까?

카르나크만 빼고.

'어라, 이거 현혹술 꼬였네?'

내내 사교도의 현혹술에 대항하던 에디아였다.

그러다 한순간 마음을 풀자 검은 신의 교단이 꾸준히 쌓아 올린 맹목적인 충성심의 방향이 한쪽으로 무너져 버린 것이다.

'이거 어쩌지?'

잠시 고민하던 카르나크는 이내 결론을 내렸다.

'내버려 두자.'

딱히 그가 손해 볼 일은 아니었다.

'나한테 충성을 다한다는데 나쁠 것도 없잖아?'

방문 밖을 살피며 세라티가 말했다.

"그럼 어서 모시고 나가죠."

"아, 잠시만."

그녀를 만류한 뒤 카르나크가 마법의 완드를 꺼내 들었다.

"혹시 모르니까 확인은 해야지."

일부러 독방에 가두기까지 한 주요 관리 대상이었다. 탈출을 대비해 추적술 정도는 걸어 둘 법했다.

'나 같아도 그럴 테니까.'

그래서 완드로 에디아의 전신을 한차례 훑었는데, 의외의 결과가 나왔다.

딱히 걸려 있는 마법이나 사령술이 없었다.

'그 정도로 중요한 인물은 아니었나? 아니면 이곳까지 외부인이 침입할 일은 없을 거라 생각한 건가?'

어쨌든 이걸로 안전이 확보되었다.

'그러고 보니 오웬트는 안 구해도 되나?'

기억을 더듬어 보니, 그동안 만났던 정의를 부르짖는 놈들은 대체로 부부를 함께 구했던 것 같다.

그래서 혹시나 싶어 물어봤는데 에디아의 대답이 매우 단호했다.

"필요 없어요."

"네?"

"그딴 놈, 남편도 뭣도 아니에요. 버리고 가요."

그녀의 표정이 너무 살벌해서 더 물어볼 수가 없었다. 대신 세라티에게 물었다.

[이거, 사람답게 사는 거 맞아?]

[에, 뭐, 일단은요?]

보아하니 레번과 밀리아도 당연하다는 듯 고개를 끄덕이고 있다.

'뭔가 이해는 잘 안 가지만, 다들 그렇다면 그런 거겠지?'

카르나크가 방문 밖을 가리켰다.

"탈출하자."

자연 동굴과 석벽이 뒤섞인 지하 통로.

카르나크 일행은 그 짙은 어둠 속을 소리 없이 지나가고 있었다.

앞장선 레번이 상황을 살피더니 손짓을 했다.

'이쪽으로!'

저 앞에 불침번을 서는 사교도 1명이 보였다.

사령술사가 아니라 일반인 평신도였다.

던전 외곽이나 거주 구역 경계라면 당연히 전투 능력이 있는 이가 경비를 서겠지만, 이런 별것 아닌 불침번까지 그들을 부려 먹을 순 없는 것이다.

카르나크가 그에게 마법을 걸었다.

"슬립."

슬립은 고작해야 순간적으로 졸음이 쏟아지게 만드는 수준의 마법이다. 일반인이라도 정신만 집중하면 저항할 수 있다.

하지만 안 그래도 졸린 놈을 완전히 재우기엔 충분한 위력이었다.

"하아암……."

마법에 당한 사교도가 하품을 하며 벽에 기대더니 눈을 감았다.

본인은 아마도 너무 피곤하니 잠시 서서 눈 좀 붙이고 있다고만 여길 것이다.

코앞에서 한 무리의 일행이 우르르 지나가고 있는데도 말이지.

무사히 빠져나오며 레번이 작게 속삭였다.

"내부 지도가 있으니 한결 편하네요."

특히나 편한 부분은 저 지도에 근무표도 같이 그려져 있다는 점이었다.

소레스가 주거지역 총괄자이다 보니 불침번 근무도 함께

짜는 것이다.

덕분에 언제 어디에서 불침번을 서는지 명확하게 파악할 수 있었다.

"그 변태 놈이 여러모로 도움은 되네."

실소하며 카르나크는 계속 나아갔다.

조금 더 이동하자 고대에는 강당으로 썼을 것으로 추정되는 거대한 공간이 하나 나왔다.

강당 반대편의 무너진 틈을 지나면 다시 비거주 구역이 나온다. 거기서부터는 진입했을 때처럼 적당히 마물들 때려잡으며 지나가면 그만이다.

"잠시만요."

레번이 벽에 찰싹 붙어 문 안쪽을 살폈다.

"가고일입니다."

과연, 강당 곳곳에 사령술의 권능으로 석화된 마물들이 세워져 있었다.

카르나크는 잠시 정신을 집중했다.

'움직임에 자동 반응하는 술식은 아니군.'

그럴 거라 예상은 하고 있었다.

자동 반응 방식은 주거지역에는 걸 수 없다. 거주민이 오갈 때마다 반응할 테니까.

저건 정해진 술식이 신호를 보내면 발동하는 방식이다.

'괜히 건드려서 소란 피울 필요는 없겠지.'

이대로 지나가도 별문제는 없겠지만 스스로를 과신하는 것은 그리 좋은 습관이 아니다.

"은신 마법 걸게 잠깐 이쪽으로 모여 봐."

만일의 사태까지 대비하고 나서야 카르나크 일행은 걸음을 옮겼다.

그렇게 강당 중앙까지 나아갔을 때였다.

"앗?"

갑자기 에디아의 발치에서 희미한 빛이 솟구쳤다.

파아아앗!

빛의 문양이 검은 마법진을 그리더니 이내 사방의 석상으로 향한다!

석상이 깨어나며 포효를 내지르기 시작했다.

"크아아아아!"

"카오오!"

"크아!"

당황한 바로스가 카르나크를 돌아보았다.

"뭐야? 이미 다 확인하지 않았어요?"

놀란 건 그 역시 마찬가지였다.

"했어! 분명히 아무 문제 없었는데?"

던전의 지배자

수십 마리의 날개 달린 마물들이 강당 안을 날아다닌다.

사방에서 홰치는 소리가 요란하게 울려 퍼진다.

펄럭펄럭!

그렇게 가고일 무리가 시체를 발견한 까마귀 떼처럼 일행 주위를 돌았다.

"카아아악!"

날아드는 가고일 떼를 노려보며 레번이 소리쳤다.

"조심해요! 놈들의 피부는 돌입니다!"

급하다 보니 대충 외쳤지만 진짜 돌은 아니고 각질의 피부에 부분 석화가 걸려 있어 돌처럼 단단할 뿐이다.

정말 돌이면 아무리 날개가 달렸다 해도 저렇게 날아다니는 건 불가능하다.

하지만 그만큼 단단한 건 사실.

정신을 집중하며 라피셀이 검을 내찔렀다.

"합!"

예리한 찌르기가 접근한 가고일의 가슴을 노렸다.

아쉽게도 각질 갑옷을 뚫을 정도로 강력한 일격은 아니었
다.

그러니 칼끝이 닿은 순간 손목을 틀어 찌르기의 궤도를 비
튼다.

동시에 칼날을 놈의 피부 위로 미끄러트리며 예기를 극대
화해 길게 베어 낸다!

"에잇!"

마치 톱질하듯 베어 가는 참격이었다. 돌 같은 피부라도
버텨 낼 수가 없었다.

가고일의 가슴팍이 길게 갈라지며 검은 피를 쏟아 냈다.

"커억!"

그 모습을 지켜본 레번이 눈을 동그랗게 떴다.

'호오, 세간엔 저런 기술도 있군?'

실은 기존의 검술이 아니라 라피셀이 그냥 본능적으로 휘
두른 것이었다. 그게 워낙 검리에 적합했을 뿐.

어쨌든, 저리도 작고 어린 소녀가 저런 수준 높은 검술을
펼치다니 실로 감탄스럽다.

'저거라면 가고일도 벨 수 있겠어.'

레번을 덮쳤던 가고일도 똑같이 가슴팍이 갈라지며 나가
떨어졌다.

라피셀이 펼친 검술을 어깨너머로 보고 그대로 따라 한 것
이다.

'우리 가문 검술은 너무 오러 유저 전용이라 이런 일반적
인 검술 부분이 약하단 말이지.'

그 모습을 본 세라티가 헛웃음을 흘렸다.

어떻게 한 건지도 모르겠는 검술을 그냥 한 번 보고 따라
한다고?

'맞다, 저 인간도 미래의 무왕이랬지?'

그녀는 잠시 고민했다.

'나도 시도해 볼까?'

그리고 이내 주제 파악을 했다.

'내가 저런 걸 한 번에 흉내 낼 수 있을 리가 없지.'

저건 나중에 시간 두고 천천히 연습할 종류의 기술이었다.

그러니 지금은 할 수 있는 걸 한다.

우우우웅!

붉은 투기검이 칼날을 감싼다. 강렬한 오러가 사지에 인간
의 한계를 초월한 권능을 부여한다.

전신에 오러를 두른 채 세라티가 살짝 땅을 박찼다.

그것만으로 간단히 가고일 무리의 머리 위를 장악했다.

피처럼 붉은 유성우가 가고일 떼를 향해 쏟아졌다.

"크아아악!"

"카악!"

"아아악!"

처절한 절규와 함께 주변의 가고일들이 풍랑에라도 휘말린 듯 싹 쓸렸다.

레번과 라피셀이 감복한 눈으로 세라티를 바라보았다.

'어, 엄청난 위력이다!'

'역시 언니는 대단해!'

단 한 동작만으로 두 사람이 열심히 날고뛴 것보다 더 많은 적을 해치운 것이다.

'역시 저 나이에 벌써 오러를 각성한 천재는 다르네.'

'난 언제쯤 오러 유저가 될 수 있을까?'

미래의 무왕 두 분께서 자신을 향해 경외의 눈빛을 초롱초롱하게 보내고 있다.

착지한 세라티가 떨떠름한 표정을 지었다.

'아니, 댁들이 날 그런 눈으로 쳐다보면 안 되지⋯⋯.'

다른 이들도 무난히 가고일 무리를 처리하는 중이었다.

바로스의 사슬검이 풀려나갈 때마다 덤벼드는 가고일들이 참새 떼처럼 나가떨어진다.

상대적으로 약한 에디아를 노리는 놈들은 칼같이 밀리아에 의해 가로막힌다.

"라티엘이시여, 당신의 종을 가호하소서!"

신성 방어막의 보호 속에서 카르나크가 마법을 완성한다.

"작열의 불꽃!"

파이어볼의 파괴력과 여우불의 유도 능력을 지닌 혼돈의 화염 마법이 수많은 가고일에 일일이 적중했다.

사방팔방에서 연달아 폭발이 일어났다.

콰쾅! 쾅! 콰콰콰쾅!

가고일의 숫자는 기하급수적으로 줄어들어 갔다.

놈들이 제법 강력하긴 하지만, 지금의 카르나크 일행이 두려워할 정도는 아닌 것이다.

문제는 소란을 일으켜 버렸다는 점이지.

"어서 이곳을 벗어나야 합니다!"

마지막 한 놈을 떨어트리며 레번이 일행에게 외쳤다.

"시간을 더 끌면 곤란……."

레번의 말문이 순간 막혔다.

또다시 사방에서 홰치는 소리가 요란하게 울려 퍼진 탓이었다.

펄럭, 펄럭, 펄럭.

"더 있었나?"

또다시 화려한 전투가 이어졌다.

이번에 나타난 놈들이라고 뭐 앞선 가고일보다 썩 강하거나 하진 않았다. 금방 쓸어버릴 수 있었다.

문제는 또 홰치는 소리가 울려 퍼졌다는 것이다!

"아직도 남았냐?"

그렇게 또 나타난 놈들을 절반쯤 해치우고 있을 때였다.

갑자기 놈들이 뒤로 물러섰다.

날개를 거두고 사방으로 퍼지더니 경계병처럼 출구 앞에 우뚝 선다.

바로스의 표정이 구겨졌다.

"이런."

세라티도 마찬가지였다.

"늦었네요."

라피셀의 시선이 강당 반대편 통로로 향했다.

"오고 있어요."

레번은 당황해 주위를 두리번거리는 중.

"예? 뭐가 또 옵니까?"

사아아아……

곳곳의 통로를 통해 검은 기류가 먹구름처럼 몰려온다.

그 속에서 검은 로브를 걸친 이들이 하나둘 모습을 드러낸다.

"이교도 놈들!"

테스라낙의 사령술사들이었다.

"감히 이곳이 어디라고 그 더러운 발을 디디느냐?"

나타난 사령술사들은 총 5명, 웰라드 지부에서도 특별히 강력한 권능을 부여받은 자들이었다.

'이럴 수가⋯⋯.'

그들의 우두머리, 휴고트는 카르나크 일행을 노려보며 믿을 수 없다는 표정을 지었다.

'대체 어느 틈에 여기까지 잠입해 들어온 거지?'

저들이 웰라드 지부로 오고 있다는 사실은 미리 알고 있었다. 심지어 언제 도착할지도 대략 짐작했다.

그래서 던전 곳곳에 특별 경계를 세우고 각별히 신경을 썼다.

어째 도착이 너무 늦어 의아해하던 중이기도 했다.

그런데 알고 보니 이미 던전 깊숙한 최심부까지 들어와 있었다고? 그 와중에 들키지도 않고?

'뭘 어떻게 한 거지, 이놈들?'

설마하니 비거주 구역 쪽으로 돌아온 것일 리는 없다.

그곳은 사령술사인 자신들도 함부로 드나들 수 없는 곳이었다. 마물도 마물이지만 출몰하는 악령들이 워낙 강력했다.

사악한 던전의 악령들이 침입자를 눈감아 주거나 할 리도 없으니, 그냥 주거지역으로 들어오는 쪽이 비거주 구역을 뚫고 오는 것보다 월등히 쉬운 것이다.

'정말 모르겠군.'

하여튼 저들이 눈앞에 존재하는 것은 틀림없는 사실이다.

휴고트가 목소리를 낮게 깔았다.

"쥐새끼 같은 놈들, 잘도 이곳까지 들어왔구나……."

위압적인 목소리가 강당을 천천히 울린다.

"허나 소용없노라. 위대한 테스라낙께선 모든 것을 굽어
살피시니 네놈들의 존재 따위 진작 눈치채고 있었……."

"눈치는 무슨."

중간에 카르나크가 초를 쳤다.

"너, 자다 깼지?"

바로스가 말을 받았다.

"눈곱 아직 껴 있어."

"머리도 까치집이고."

"허겁지겁 뛰어왔나 본데, 숨 좀 돌리고 마저 떠들지 그
래?"

그렇다.

겉으론 위압적인 태도를 취하고 있지만 사실 이들은 방금
전까지 자다가 허겁지겁 뛰쳐나온 신세였다.

"보아하니 한창 꿀잠 자고 있는데 갑자기 알람 울리기에
기겁하고 일어나 허겁지겁 로브 챙겨 입고 호다닥 뛰쳐나왔
겠구만."

"그리고 강당 코앞까지 와서 열심히 옷매무새 다듬은 다음

바닥에 검은 연기 깔고 슬로모션으로 등장했겠죠?"

사령술사들은 침묵했다.

너무 말한 그대로라서 무서울 정도였다.

'어떻게 저렇게까지 잘 알지?'

'우릴 지켜보기라도 했나?'

물론 지켜본 건 아니다. 굳이 지켜볼 필요도 없고.

'남 일이 아니거든.'

'사령술사들 하는 짓이 거기서 거기지, 뭘.'

주거니 받거니 하는 두 사람의 조롱에 휴고트가 발끈했다.

"시, 시끄럽다!"

더 이상 떠들게 놔뒀다간 분위기에 휘말릴 것 같았다.

해골 지팡이를 들어 올리며 그가 고함을 터트렸다.

"테스라낙의 종들이여, 어둠의 이름으로 명한다! 저놈들을 모조리 붙잡아라!"

사령술사들이 일제히 해골 지팡이를 꺼내 들었다.

"오라, 어둠의 광견이여⋯⋯."

"지옥이여, 입을 열어 공허를 토하라⋯⋯."

짙은 사기가 안개처럼 밀려와 일행의 주위를 감싼다.

방대한 탁기가 강당 전체를 덮어 간다.

레번과 밀리아가 치를 떨었다.

"큭!"

"이렇게까지 사악한 기운이!"

눈앞에 지옥이 펼쳐지고 있었다.

망령 중에서도 최상위라는 스펙터들이 강당 위를 맴돌며 귀곡성을 뿌린다.

아아아아!

지옥의 입구가 열려 불길을 머금은 악마들이 모습을 드러낸다.

"크르르……."

사령술 소환진 위로 새까만 해골 병사들이 속속들이 나타난다.

수많은 마물들에 의해 일행은 완전히 포위당해 버렸다.

마물들의 면면을 살피며 세라티가 혀를 찼다.

"방금 싸운 가고일 따위와는 비교할 수도 없는 수준이네요."

저들 중 최약체인 해골 병사조차 다크 스켈레톤, 어둠의 기운을 한껏 머금어 강철 이상으로 강화된 언데드다. 오러로도 저들의 뼈는 쉽게 벨 수 없다.

하나같이 만만치 않은 괴물들.

공포에 질린 에디아가 벌벌 떨며 신음을 흘렸다.

"여, 여신이시여……."

그리고 이어진 소리에 신음을 멈췄다.

"……어?"

짝, 짝, 짝, 짝.

카르나크가 양손으로 박수를 치고 있었다.

"훌륭하군. 매우 훌륭한 사령술이야."

그러더니 바닥에 널린 가고일 사체들을 발로 툭툭 친다.

"사실 이놈들은 그냥 그랬거든. 함정 발동 방식치곤 뛰어난 게 맞긴 한데, 그래도 술식이 너무 단순하더라고."

그의 시선이 눈앞의 마물들에게로 옮겨졌다.

"반면 자네들은 정말이지 수준이 매우 높아. 이토록 섬세하고 오묘한, 세련되기 그지없는 사령술이라니!"

연극을 하는 듯한 과장된 목소리가 이어졌다.

"단순히 어둠의 힘을 얻어 몽둥이처럼 무식하게 휘두르기만 하는 멍청한 놈들과는 차원이 다른 솜씨다. 실로 부단한 노력이 있었겠지."

사령술사들의 안색이 굳었다.

'저놈이 대체 왜 저러지?'

이제 곧 죽을 놈이 태연하게 박수 치고 있으면 그건 정말 불길한 징조다.

철석같이 믿고 있는 무엇인가가 있다는 의미거든.

어둠의 힘을 끌어내며 휴고트가 입을 열었다.

"……무슨 말을 하고 싶은 거냐, 이교도?"

"별건 아니고."

카르나크는 히죽 웃었다.

"그냥, 사령술 복잡하게 구사해 줘서 고맙다고."

열심히 조롱하는 척하며 놈들의 사령력 패턴을 분석했다.

나불나불 칭찬을 떠들어 대는 동안 술식도 완성되었다.

이제 남은 건 그저 발동하는 것뿐!

완드를 높이 치켜들며 카르나크가 시동어를 외쳤다.

"나, 어둠의 죄악을 대속하는 자가 되리라, 리디머 오브 네크로맨시(Redeemer of Necromancy)!"

보이지 않는 힘이 강당 전체를 휘감았다.

거대한 마력의 파문이 허공의 망령과 지옥의 악마, 언데드 무리를 차례로 적시며 지나갔다.

마물들의 목에 빛의 사슬이 생성되었다. 놈들이 일제히 고개를 돌렸다.

철그럭!

무수한 시선이 강당 저편의 사령술사들에게 향한다.

"헉!"

경악한 휴고트가 다시금 명령을 내렸다.

"어둠의 이름으로 명한다! 내 명에 복종하라!"

다른 사령술사들도 마찬가지였다.

"공격해!"

"저놈들을 공격하란 말이다!"

소용없었다.

강당의 모든 마물들은 말없이 제자리에 서 있을 뿐이었다.

"자, 그럼……."

상냥한 미소와 함께 카르나크가 손가락을 튀겼다.

딱!

"가서 물어!"

그제야 마물들이 움직였다.

이내 처절한 비명이 터져 나왔다.

"으아아아악!"

에디아는 더 이상 떨지 않았다.

그저 멍한 얼굴로 눈앞의 참상을 바라볼 뿐이었다.

"으, 으악!"

"이, 이놈들이 왜!"

"저리 가! 저리 가란 말이다!"

소환된 망령과 악마, 해골 병사가 사령술사들을 공격하고 있었다.

저들도 어떻게든 어둠의 힘으로 반격하고 있지만 역부족이었다.

사령술사 1명이 죽어 가며 비탄에 찬 외침을 토했다.

"왜, 왜 내 말을 듣지 않는 것이냐!"

카르나크 일행은 굳이 전투에 참가할 필요도 없었다.

그냥 사법의 대속자 한 방으로 상황 종료였다.

에디아가 뺨을 긁었다.

'어, 어쩐지 좀 불쌍한 것 같기도 하고?'

밀리아는 혀를 내두르는 중이었다.

'대장님의 마법이 이 정도였을 줄이야.'

카르나크가 대사령술 전용 마법을 새롭게 터득했다는 소식은 그녀도 건너 들어 알고 있었다.

무려 금화 천 닢이나 받아 챙겼으니 소문이 안 퍼질 수가 없었다.

하지만 이 정도로 위력적일 줄은 미처 몰랐던 것이다.

"이럴 줄 알았으면 굳이 몰래 잠입할 필요도 없었을 것 같은데요."

카르나크를 돌아보며 그녀가 물었다.

"그냥 이대로 우리끼리 이곳을 토벌할 수 있는 것 아니에요?"

사법의 대속자를 조율하며 카르나크가 어깨를 으쓱였다.

"토벌의 정의를 뭐에 두냐에 따라 다르지."

카르나크 일행의 실력은 상당한 수준이다. 게다가 카르나크의 수법은 사령술사의 천적이며, 다수의 약자를 상대할 때 특히 위력적이다.

"던전에서 사교도를 죄다 쓸어버리는 건 충분히 가능해. 개미굴 같은 지하 구조물이다 보니 포위당할 일도 없고."

차근차근 각개격파 하면 위험에 처할 일은 그리 많지 않으리라.

"하지만 우리끼리 이곳의 사교도를 전부 처리하는 건 불가능하거든."

얼핏 비슷한 소리처럼 들리지만 명백히 다른 말이다.

카르나크 일행이 아무리 강해 봐야 고작 6명.

덤비는 놈들은 죄다 죽이거나 붙잡을 수 있다. 하지만 도망가는 놈들까지 제압할 순 없는 것이다.

"어설프게 들쑤셨다가 놓치면? 이 일대에 사교도들을 싹 풀어 버리는 꼴이 되잖아."

이것이 토벌대가 소수 정예가 아닌 일정 수준 이상의 규모를 가져야 하는 이유다.

"아, 그러네요."

밀리아도 바로 납득했다.

"그냥 에디아 씨 구출한 뒤 보고하는 쪽이 맞군요."

"우리 덕분에 뒤에 올 토벌대는 좀 편해지겠지."

그러는 동안에도 사령술사들은 착실하게 죽어 가고 있었다.

결국 수하들은 죄다 악마들에게 찢겨 가고 휴고트만 남았다.

"헉, 허억, 크윽……."

물론 그 역시 남은 수명이 그리 길진 않아 보였지만.

"저거 죽으면 우리도 나가자."

카르나크가 태연하게 휴고트를 손가락질할 때였다.

갑자기 강당 위쪽에서 칠흑의 섬광이 날아들었다.

파아아앗!

무자비한 파괴의 빛이 휴고트 주위를 휩쓸었다.

폭발과 함께 마물과 망령이 일제히 쓸려 갔다.

콰아아앙!

"헉!"

놀란 레번이 주위를 두리번거렸다.

'뭐야? 또 뭐가 온 거야?'

보나 마나 또 자신만 접근을 눈치 못 챘겠지.

그는 다른 일행을 슬쩍 째려보았다.

인간들 참 야박하다. 자기들만 알고 있지 말고, 남들에게도 좀 가르쳐 주면 어디가 덧나나?

그런데 이번엔 경우가 좀 다른 듯했다.

"어라?"

"뭐지?"

카르나크와 바로스도 놀란 얼굴로 섬광이 날아든 쪽을 돌아보고 있는 것이다.

저들도 접근을 전혀 눈치채지 못한 것 같았다.

사아아아…….

서늘한 냉기가 강당 바닥을 타고 흐르기 시작했다.

그와 함께 통로 저편의 어둠에서 섬뜩한 푸른 빛이 어슴푸레 비쳤다.

카르나크 일행의 안색이 일제히 굳었다.

아직 모습을 드러내지 않았음에도 방대한 존재감이 어깨를 누르고 있었다.

방금 상대한 사령술사들과는 비교도 안 되는 강력한 기운이었다.

'이건……'

이윽고 통로를 통해 상대가 나타났다.

너덜거리는 로브를 걸치고 황금의 지팡이를 든, 강대한 영기의 육체를 전신에 두른 해골이었다.

"ㅎㅎㅎㅎ……"

희미한 웃음이 강당을 진동시킨다. 그때마다 정신이 뒤흔들린다. 심장이 덜컹거리며 이유 모를 공포가 밀려온다.

"크윽!"

"윽!"

레번이며 라피셀, 세라티 등이 머리를 감싸며 휘청거렸다.

밀리아가 허겁지겁 신성술을 펼쳤다.

"라티엘이여! 당신의 빛을 내려 주소서!"

정신을 지키는 여신의 광휘가 일행을 휘감았다.

그제야 간신히 공포가 좀 누그러졌다.

밀리아가 해골을 노려보며 말했다.

"대장님, 저건……"

나타난 해골을 노려보며 카르나크가 미간을 찡그렸다.

"……아크 리치?"

강당 바닥을 미끄러지며 아크 리치가 휴고트 곁으로 다가왔다.

"미안하군. 좀 늦었다."

동시에 그를 공격하던 주위의 언데드들이 뒤로 물러났다.

사법의 대속자에 의해 조종당하고 있음에도 아크 리치의 사기에 더 영향을 받은 것이다.

"나름대로 서두른 것이긴 한데 말이지. 설마 여기까지 잠입했을 줄은 몰랐다."

휴고트가 비틀거리며 몸을 일으켰다.

"아, 아닙니다. 구해 주셔서 감사합니다."

카르나크 일행을 돌아보며 아크 리치가 물었다.

"저들인가?"

"예, 템피스 님. 저놈들입니다."

일행을 노려보는 해골의 텅 빈 눈구멍 속에서 공허한 푸른 불꽃이 일렁인다.

불꽃에서 느껴지는 차가운 시선에 레번이 부르르 떨었다.

"아크 리치라니…… 전설 속에서나 나오는 괴물 아니었습니까?"

애써 냉정을 유지하며 밀리아가 중얼거렸다.

"일단 우리 눈앞에 있으니 전설은 아니네요."

다들 전설 속의 강대한 괴물, 아크 리치의 등장에 경악한 표정이었다.

카르나크와 바로스는 좀 다른 의미로 놀라고 있었지만.

[도련님, 저거 어째 우리가 아는 양반 같지 않아요?]

[지금 뎀피스라고 했지?]

세라티가 의아해하며 대화에 끼어들었다.

[혹시 아는 사이예요?]

바로스는 잠시 고민했다. 이걸 뭐라고 설명해야 할까?

[도련님 스승이라고 해야 하나, 저걸?]

이게 뭔 헛소리인가 싶었는데, 알고 보니 세라티도 이름 자체는 지겹게 들은 적이 있었다.

[왜 도련님이 만날 이름 팔아먹는 달라스 씨 있잖아요? 그 양반 리치 만들어서 남부 총독 시켰을 때 이름이 뎀피스예요.]

원래는 카르나크의 부하 중 1명이었다는 소리다.

세라티가 기대 섞인 눈빛을 보였다.

[그럼 복종시킨다거나 할 수도 있겠네요?]

카르나크가 인상을 썼다.

[그럴 수 있으면 좋겠다만······.]

안 그래도 아까부터 눈앞의 아크 리치를 유심히 살펴보고 있었다.

정말 저 해골이 네크로피아 제국의 뎀피스 총독이라면 자신이 새겨 놓은 영혼의 낙인이 존재할 테니까.

[도련님이 찍어 놓은 낙인 없어요?]

[모르겠어. 뭔가 있긴 있는데 내 낙인은 아냐.]

[아, 그럼 혹시 이 시간대의 뎀피스 총독일지도?]

원래는 10년쯤 뒤에 카르나크가 바라칸트 산맥의 유적지에서 달라스의 유골을 발견하고, 거기에 사령술을 걸어 아크 리치로 부활시킨 것이 뎀피스였다.

즉, 이 시간대의 누군가가 대신 부활시켰을 수도 있지 않을까?

[그건 아니야.]

카르나크는 확실하게 부정했다.

[틀림없이 미래에서 온 놈이다.]

[어떻게 그걸 단언할 수 있어요?]

[자기 이름을 뎀피스라고 대고 있잖아. 저건 10년 뒤에 내가 붙이는 이름이라고.]

혹여 다른 이가 달라스를 아크 리치로 일으켜 세웠다 치자. 하지만 어떻게 이름까지 똑같을 수 있겠나?

어쨌든 지금 중요한 건 저게 어느 시간대에서 온 건지가 아니다.

세라티가 재차 물었다.

[그래서 이길 수 있다는 거예요, 없다는 거예요?]

카르나크와 바로스는 여전히 심각한 표정으로 뎀피스를

노려보고만 있었다.

[질문이 틀렸어.]

[무사히 도망칠 수 있을지 어떨지를 고민해야죠, 지금은.]

[……네?]

그녀는 흠칫 놀랐다.

저 두 사람이 자신 없는 모습을 보인 적은 물론 많다. 하지만 언데드나 사령술사 상대로는 한 번도 없는 것이다.

[달라스는 생전에 유스틸 왕국의 궁정 마법사였지.]

식은땀을 흘리며 카르나크는 완드를 움켜쥐었다.

딱히 상대가 아크 리치라서 무서운 게 아니다.

[……9서클의 마스터였고 말이야.]

※

목에 빛의 사슬을 건 언데드와 마물은 여전히 강당에 못 박힌 듯 서 있었다.

사법의 대속자에 굴복된 놈들이었다.

카르나크의 명령에 따라 공격을 퍼부어야 하지만, 아크 리치 템피스의 존재감이 너무 거대하다 보니 혼선이 일어나는 것이다.

템피스가 황금 지팡이를 들었다.

"그럼 쓸데없는 것들은 치우지."

지팡이 끝에서 화염의 폭풍이 일어났다.

가공할 열기가 강당 전체를 휘감기 시작했다.

"크윽!"

"어서 이쪽으로!"

허겁지겁 카르나크와 밀리아가 저마다 방어막을 펼쳤다.

일행이 방어막 안에 몸을 숨기는 동안 남은 마물과 언데드는 싹 쓸려 나갔다.

뎀피스의 마법은 그걸로 끝이 아니었다.

"도주로도 막아야겠지?"

지금이야 등 돌리는 놈부터 우선적으로 마법을 날려 버리면 되니 딱히 도주를 걱정하지 않는다.

하지만 전투가 정신없이 진행되는 와중이라면 상대를 놓칠 가능성도 있는 것이다.

"데스 라운드 레이."

해골 손가락 끝에서 검은 기류가 피어올랐다.

이내 기류가 묵빛 섬광이 되어 강당 전체를 길게 그었다. 폭발이 연거푸 일어났다.

콰콰콰콰쾅!

강당 통로들이 죄다 무너져 내려 길을 막았다.

레번의 안색이 굳었다.

'이런, 퇴로가……'

물론 카르나크 일행도 마법이건 오러건 써서 도로 길을 뚫을 순 있다. 다들 그 정도 파괴력은 지니고 있다.

하지만 그 과정에서 뎀피스의 공격을 허용하게 되는 것이다.

싸우다가 몸 빼내긴 힘들어졌다.

'그렇다면 정면으로 맞붙는 수밖에!'

카르나크가 완드를 내밀었다.

"매스 파이어볼!"

10여 개의 화염구가 허공을 가르며 뎀피스에게 날아들었다.

하나하나가 어지간한 성인 머리통만 한 크기였다.

뎀피스가 감탄을 흘렸다.

"오, 어린 나이에 상당한 수준이군."

그리고 해골 손가락을 까닥였다.

그것만으로 날아가던 화염구들이 허공에서 소멸해 버렸다.

워낙 마법적 격차가 커서 중간에 해제되어 버린 것이다.

하지만 카르나크는 당황하지 않았다.

어차피 화염구는 시선 끌기에 불과했다.

"지금!"

바로스와 세라티가 투기검을 뽑아 들며 동시에 몸을 날렸다.

요란한 사슬 소리가 강당을 울렸다.

차르륵!

붉은 오러의 사슬이 아크 리치의 눈앞을 어지럽게 나부낀다. 그 틈에 세라티가 재빨리 배후로 파고든다.

바로스의 현란한 검술로 현혹한 뒤 그녀가 기습하는 수법이었다.

붉은 투기검이 뎀피스의 어깨를 내리치며 폭음을 터트렸다.

콰아아앙!

신음과 함께 그녀가 도로 튕겨 나갔다.

"윽!"

분명히 제대로 적중시켰는데 오히려 그녀의 손아귀가 터진 것이다.

뎀피스의 전신을 휘감고 있는 검은 기류의 힘이었다.

'어둠의 장막!'

뒤이어 바로스도 사슬검을 연달아 퍼부었다.

하나 뎀피스에게 피해를 주진 못했다.

제자리에 우뚝 서서 모든 공세를 버텨 낸다. 어둠의 장막이 너무 강력해 전혀 뚫지 못하는 것이다.

상황을 파악한 밀리아가 신성술을 펼쳤다.

"라티엘이여, 어둠을 사를 빛을 내리소서!"

찬란한 여신의 광휘가 아크 리치를 뒤덮었다.

잠시 후 그녀의 안색이 창백해졌다.

"이, 이럴 수가……."

어둠이 빛을 잠식하고 있었다.

여신의 빛에 그림자가 지며 급속도로 위세가 약해진다.

아크 리치가 뼈만 남은 턱을 따닥거렸다.

"저 아이들도 대단하군. 이 시대에 이 정도의 강자가 있었나?"

감탄을 흘리며 황금 지팡이를 높이 들어 마력을 떨친다.

"벼락이여, 내 손에 임해 울부짖어라!"

가공할 전격의 줄기가 사방팔방으로 퍼져 나갔다.

카르나크 일행은 저마다 사색이 되어 공세를 피했다.

하지만 그것이 끝이 아니었다.

"배로 땅을 기어 흙을 네 소산으로 삼을지니."

흩어진 전격이 벽에서 반사되더니 바닥을 타고 뱀처럼 기어 오며 2차 공격을 날린다.

위력은 내려갔지만 범위가 더욱 넓어지니 도저히 피할 수가 없다.

바로스와 세라티, 라피셀은 용케 피했지만 상대적으로 둔한 카르나크와 에디아, 밀리아와 레번은 감전되어 비틀거렸다.

"크윽!"

"아악!"

그 모습을 본 휴고트가 기겁하며 외쳤다.

"조심하십시오! 저자는 무사해야 합니다!"

"알고 있다. 안 그래도 각별히 조심했느니라."

뎀피스의 답변에 바로스와 세라티는 무심코 카르나크를 돌아보았다.

현 상황에서 일행 중 누군가를 노린다면 당연히 왕년의 사령왕일 거라 생각했으니까

다만 카르나크는 상대가 언급한 것이 자신이 아니란 걸 알고 있었다.

그렇다고 에디아를 신경 쓴 것 역시 아니다.

번개의 위력과 각도를 보면 놈이 조심하는 대상이 누군지는 명확했다.

'저놈들이 왜 레번을 노리지?'

전격 한 방으로 에디아는 기절해 버렸다. 밀리아가 허겁지겁 신성한 방어를 펼쳐 그녀를 보호했다.

바로스와 세라티가 몸을 날렸다.

"헙!"

"타앗!"

연신 투기검을 휘두르며 아크 리치의 앞뒤를 노린다.

여전히 뎀피스는 움직이지 않았다. 그저 칠흑의 방패를 펼쳐 가로막을 뿐이었다.

콰쾅!

폭음과 함께 두 사람이 뒤로 물러섰다.

해골 턱뼈 사이로 비웃음이 새어 나왔다.

"그 정도로는 내 어둠을 뚫지 못한다."

그 틈을 노려 카르나크가 마법을 날렸다.

"기어가는 불꽃, 파이어 스네이크!"

불길이 휘몰아쳐 세 줄기 화염의 뱀이 되었다.

불로 된 뱀이 강당 바닥을 넘실거리며 기어가 뎀피스를 뒤덮었다.

화르르륵!

리치의 푸른 눈동자에 이채가 스쳐 지나갔다.

"그래, 이거라면 뚫릴 수도 있겠구나."

그리고 바로 황금 지팡이를 내민다.

"사로잡는 폭풍, 블리자드 클로."

냉기의 폭풍이 불어닥치며 거대한 손아귀의 형상으로 화했다.

빙무의 손톱이 기어 오는 불뱀을 모조리 찢어발겼다.

콰아아아앙!

열기와 냉기가 뒤섞여 자욱한 수증기를 내뿜었다.

얼굴을 가린 채 카르나크가 치를 떨었다.

"쳇, 역시 마법으로는 상대가 안 되나……."

레번과 라피셀은 시종일관 기회를 엿보고 있었다.

섣불리 아크 리치에게 덤벼들진 않는다.

'이거, 내가 함부로 낄 전투가 아니군.'

'그래도 훼방은 놓을 수 있겠지!'

레번이 품속에서 투척용 단검을 꺼내 쥐었다.

기사가 아니라 트레저 헌터로 전투 경험을 쌓았다 보니 그에겐 이런 자질구레한 무기가 꽤나 많았다.

라피셀은 바로스를 흉내 낸 밧줄검을 쥐고 있었다. 사슬은 너무 무거우니 밧줄로 대체한 것이었다.

밀리아가 그런 둘에게 신성 주문을 걸었다.

"천상의 검이 이들에게 깃들게 하소서!"

신성한 기운이 부여된 단검이 아크 리치의 배후를 노렸다.

라피셀의 칼날 역시 희미한 빛을 발하며 연달아 허공을 갈랐다.

그리고 죄다 어둠의 장막에 막혔다.

성력과 사령력의 충돌로 폭음이 터졌다.

쾅! 콰쾅!

레번도 라피셀도 철저히 원거리에서만 싸우고 있었다.

오러 유저도 아닌 주제에 저런 강력한 마법사에게 함부로 뛰어들었다간 무슨 꼴을 당할지 모르는 것이다.

둘 다 그 정도 주제 파악은 하고 있었다.

그들, 특히 레번을 노려보며 템피스가 있지도 않은 혀를 찼다.

"쯧, 저쪽은 과하게 손을 쓸 수 없지."

황금 지팡이로 땅을 툭 내려친다.

"사무치게 얼어붙을지니. 프리징 그라운드."

강당 바닥에 서리가 끼며 사방으로 한기가 퍼져 나갔다.

번져 나간 냉기가 순식간에 레번과 라피셀의 발치까지 닿았다.

"헉?"

"아앗!"

순차적으로 두 다리가 얼어붙으며 둘의 몸이 굳는다.

그때였다.

"환염의 불길이 북풍의 족쇄를 녹인다!"

카르나크의 마법이 발동해 얼음이 도로 사라졌다.

미리 뎀피스의 수법을 짐작하고 냉기 저항 마법을 준비해 놓은 것이다.

자유로운 몸이 된 레번과 라피셀이 재빨리 사정거리 밖으로 벗어났다.

'마치 내 마법을 잘 아는 것처럼 구는군.'

뎀피스가 신기해하며 마법을 이었다.

"찬란하게 꿰뚫는 자, 프로스트 스피어."

사방에 깔린 한기가 허공에 뭉쳐 거대한 얼음창으로 화했다. 보석처럼 반짝이는 칼날의 창이 카르나크를 향해 쏘아졌다.

'아차!'

방금 냉기 저항 마법을 구사한 직후라 딜레이가 좀 있다. 바로 마법을 발동하기 힘들다.

'에라, 모르겠……'

막 사령술이라도 써서 벗어나려는 찰나였다.

아슬아슬하게 바로스의 투기검이 얼음창을 먼저 파괴했다.

콰앙!

박살 난 파편 사이로 착지하며 바로스가 카르나크를 돌아보았다.

"괜찮아요, 도련님?"

"덕분에 살았다."

안도의 한숨을 내쉬며 카르나크는 뎀피스를 노려보았다.

방금 쓴 마법을 보면 뎀피스의 의도는 명확하다.

레번과 라피셀은 곱게 얼리고 이쪽은 얼음창으로 꼬치를 만들겠다는 심보다. 아주 작정하고 죽이려 하는 것이다.

'뎀피스, 저놈……'

자신이 붙여 준 이름을 읊조리며 카르나크는 확신했다.

'역시 날 몰라.'

뿐만 아니라 바로스도 모르는 것 같다.

하지만 레번은 또 아는 눈치다.

'그럼 라피셀은?'

슬쩍 라피셀에 대해 떠볼까 하는 생각이 든다.

'하지만 그랬다가 라피셀의 정체를 알려 주는 것도 썩 내키지 않는데.'

밀리아가 카르나크의 고민을 덜어 주었다.

템피스의 마법이 라피셀을 향해 날아들자 대뜸 이렇게 외친 것이다.

"조심해, 라피셀!"

딱히 그녀가 실수했다고 할 순 없다. 그냥 이런 상황에선 당연히 생길 수밖에 없는 일이다.

과연, 템피스의 움직임이 잠시 멎었다.

그러더니 잿빛 머리 소녀를 유심히 살펴본다.

"……라피셀?"

카르나크도 그의 반응을 유심히 살폈다.

'라피셀을 알아보나?'

해골이란 게 썩 표정을 알아보기 쉬운 얼굴은 아니다.

심지어 본인이 해골로 수십 년을 살아온 놈이라 해도 마찬가지다. 자기 얼굴을 자기가 볼 일은 생각보다 많이 없거든.

하지만, 수십 년간 옆에서 그 해골 면상을 지켜본 놈이라면 이야기가 다르지.

[어때, 바로스?]

[알긴 아는데, 눈앞의 여자애가 그 라피셀인지는 의아해하는 눈치네요.]

과연 라피셀을 향한 공세 역시 눈에 띄게 약해지기 시작했다.

레번처럼 사로잡으려는 기색이 역력하다.

'라피셀이 상대적으로 안전해진 건 좋은 일이지만…….'

그 목적이 생포라는 걸 떠올리면 좋아하기도 그렇다.

'엘레자르도 그렇고 뎀피스도 그렇고, 대체 뭐가 어떻게 된 거지?'

거대한 강당 곳곳에 파괴의 폭풍이 몰아닥친다.

콰쾅! 콰콰콰쾅!

그 혼란 속에서도 카르나크 일행은 용케 버텨 냈다.

연신 마법을 날리던 뎀피스가 감탄을 흘렸다.

"상당히 강한 자들이다. 내가 없었다면 웰라드 지부를 날려 먹을 뻔했군."

휴고트는 어째 초조해하는 눈치였다.

뎀피스가 아니라 카르나크 일행이 당할까 봐.

"어떻게 사로잡을 순 없을까요? 저들은 훌륭한 제물이 될 수 있습니다만……."

아까는 목숨만 부지해도 더 바랄 나위가 없을 것 같더니 이제 좀 안전해지자 욕심이 솟구친 것이다.

뎀피스가 고개를 저었다.

"물론 훌륭한 제물임에는 틀림이 없겠지만……."

사로잡으려다 일을 그르칠 가능성이 있었다. 그냥 필요한 제물만 손에 넣는 것이 확실하다.

아크 리치의 시선이 레번과 라피셀에게 향했다.

"저들은 중요한 이들이다."

그리고 밀리아와 기절한 에디아에게 옮겨지더니…….

"저 여인은 교단에 필요한 존재이고."

마지막에는 카르나크와 바로스, 세라티에게 고정된다.

"하나 저들은 제물로 삼기엔 귀찮을 정도로 강하다."

밀리아까지는 별 신경이 안 쓰이는 것 같고, 저 셋은 그냥 죽여 버릴 셈인 듯했다.

바로스가 슬그머니 전언을 보냈다.

[저런 거 보면 우리가 아는 뎀피스 총독 맞는 것 같은데 말이죠?]

[그러게.]

생각해 보면 원래 저런 양반이었다.

리치로 되살아났음에도, 뼈밖에 안 남은 언데드임에도 소심하고 안정적인 걸 추구하는 성격이었다. 묘하게 인간적인 면도 많이 남아 있었다.

'역시 내가 아는 뎀피스인데.'

그런데 왜 저쪽은 카르나크를 모른단 말인가?

아크 리치가 황금 지팡이를 겨누며 싸늘한 음성을 토했다.

"포기할 땐 포기해야 하는 법이지."

지팡이 끝에서 빛이 뿜어져 나왔다.

"작열하는 빛의 광휘, 아케인 블래스트."

눈부신 광채가 한 줄기 섬광이 되어 강당을 길게 그었다.

콰콰콰콰쾅!

폭발에 휘말린 카르나크 일행이 가랑잎처럼 나부낀다.

오러와 신성 방어로 간신히 몸을 지키며 다들 암담해했다.

"아니, 리치인데 왜 이렇게 아케인 계열이 세죠?"

투덜대는 바로스의 말에 카르나크의 안색이 더욱 어두워
졌다.

'역시…….'

오러 유저가 본연의 힘을 유지하며 언데드화하는 것이 데
스 나이트, 마법사가 원래 능력을 그대로 유지한 채 언데드
가 되면 아크 리치다.

하지만 그렇다고 데스 나이트나 아크 리치가 순수한 오러
나 마나를 구사하는 건 아니었다.

생명기인 오러는 암흑투기로 바뀌고 마나는 사령력으로
바뀐다.

하지만 암흑투기와 사령력으로도 생전의 검술이나 마법과
똑같은 효과를 보일 수 있는 것이다.

그래서 아무리 리치가 생전의 마법을 전부 구사할 수 있다
해도 아케인 계열은 잘 쓰지 않는 법이었다.

순수하게 마나 증폭 방식 마법이라 어둠의 기운과는 궁합이 좋지 않기 때문이다.

'그런데 이건 전혀 위력이 줄지 않았어.'

마법이었다.

강력하고 순수한 마법.

'다른 사교도들처럼 어둠의 기운과 마나를 함께 다루고 있군.'

동시에 어째서 자신이 에디아에게 걸려 있던 함정을 눈치채지 못했는지도 알았다.

현존하는 그 어떤 사령술도 왕년의 사령왕, 카르나크의 눈을 속일 순 없다. 적어도 카르나크 본인은 그렇게 생각하고 있다.

하지만 7서클의 마법사, 카르나크 남작의 눈을 속일 수 있는 마법이라면?

이건 굉장히 많다.

8서클 이상의 마법사라면 누구나 그의 눈을 속일 수 있는 것이다.

심지어 템피스는 9서클의 마스터.

'9서클 마법을 지금의 내가 알아차릴 수 있을 리가 없지.'

예전처럼 사령술을 썼다면 또 모르지만, 그것도 아니니 당연한 결과였다.

'앞으로는 이런 경우도 염두에 둬야 하나? 기본 전제부터

변해 버렸으니 왕년에 하던 대로 할 수만도 없겠군.'

어쨌든 지금은 앞으로의 일을 고민할 때가 아니다.

당장 눈앞의 아크 리치를 어떻게 상대해야 하느냐가 문제지.

방대한 사기와 마나를 동시에 지닌 저 괴물을 노려보며 카르나크는 머리를 굴렸다.

'사법의 대속자는 전혀 통하지 않을 것이고……'

사법의 대속자는 상대의 사령술을 역이용하는 수법.

뎀피스는 딱히 사령술을 구사하고 있지 않았다.

그의 존재 자체는 사령술로 인한 것이지만 전투는 전부 마법으로만 처리한다.

사기를 이용하는 수법이라곤 기껏해야 어둠의 장막으로 방어하는 정도가 전부인데, 이건 인간으로 치면 그냥 팔다리를 움직이는 것과 별반 다르지 않다.

너무 단순한 사령술이라 역이용할 수조차 없는 것이다.

'그렇다고 혼돈마법으로 덤비자니 승산이 별로 없고……'

이제 갓 7서클에 입문한 카르나크와 9서클의 마스터인 뎀피스의 실력 차는 굳이 설명할 필요도 없으리라.

'칵 그냥 사령술을 써?'

이 경우 레번과 라피셀, 밀리아에게 정체를 들키게 되겠지만 큰 문제는 아니다.

'기억 좀 날리면 어떻게든 될 일이긴 한데……'

하지만 이 역시 영 마땅찮았다.

지금의 카르나크가 사령술을 제대로 쓰려면 충분한 사전 준비가 필요한 것이다.

그간 사람답게 살아 보고자 부단한 노력을 해 온 그였다. 때문에 그냥 이 자리에서 바로 구사할 만큼 사령력이 넉넉하지 않았다.

'에잉, 착하게 산 업보를 지금 받는구나!'

어쩔 수 없다.

잠시만 업보(?)를 벗고 왕년처럼 사는 수밖에.

"레번! 라피셸!"

카르나크가 고개를 돌리며 외쳤다.

"도망쳐!"

호출당한 이들이 그를 돌아보았다.

"예?"

"아니, 어떻게 저희가 여러분을 두고……."

"게다가 어디로 도망치라고……."

"어차피 저놈은 너희들까지 죽일 생각이 없어! 그러니까 안심하고 등 돌려!"

카르나크가 재빨리 외침을 이었다.

"그리고 우리가 도망칠 길 좀 만들어! 그럼 저놈이 어떻게 움직이나 보자고!"

그제야 다들 납득한 표정을 지었다.

어차피 레번이나 라피셀의 전력으로는 현재 별 도움이 되지 않는다.

하지만 미끼로는 매우 큰 가치를 지니는 것이다.

이유야 알 수 없지만 본인들도 뎀피스의 태도에서 이미 눈치는 채고 있었다.

"네!"

레번과 라피셀이 강당의 무너진 통로 쪽으로 쪼르르 달려갔다.

그 모습을 지켜보던 뎀피스가 헛웃음을 흘렸다.

"얼씨구?"

어찌 보면 합리적이고 말이 되는 것 같은데 뭔가 치사한 느낌도 강하게 드는 전술이었다.

'왜 저렇게 하는 짓이 낯익지?'

레번과 라피셀은 돌무더기로 향했다. 뎀피스가 뭉개 놓은 강당의 여러 통로 중 하나였다.

그러더니 대놓고 등을 돌린 뒤 돌을 치우기 시작한다.

"으랏차!"

"에잇!"

카르나크와 바로스, 세라티는 오히려 반대편으로 움직였다.

강당 반대편에서 뎀피스를 노려보며 투기검을 끌어내고

마법을 준비한다.

태도에서 이미 등 돌리면 한 방 먹이겠다는 의도가 진하게 묻어 나온다.

"어, 이놈들이…… 이거……."

당황한 얼굴로 휴고트는 좌우를 돌아보았다.

어느 쪽을 신경 쓰건 집중이 깨질 수밖에 없는 구조였다.

뎀피스가 뼈로 된 손가락을 들어 올렸다.

"하찮은 수작질을 하는구나."

아크 리치 앞에서 이런 짓이 먹힐 거라 생각했다면 오산이다.

이쪽이 혼자라고?

안됐지만 강력한 소환체를 불러내는 수법은 마법사건 사령술사건 별로 어려운 일이 아니다.

"나도 부하를 쓰면 그만 아니냐?"

우우우웅!

마나가 진동하며 아크 리치의 발밑에 붉은 마법진이 형성되기 시작했다.

그 모습에 카르나크는 내심 쾌재를 올렸다.

'좋아!'

뎀피스가 언데드나 지옥의 악마 등을 소환하면 바로 사법의 대속자를 펼칠 수 있다. 골렘이나 정령 등을 소환해도 마법적인 잠식이 가능하다.

골치 아픈 건 강력한 마법으로 한 방에 레번 일행을 무력화시키는 것이었는데…….

'역시 저 양반 소심하다니까?'

혹시 상처라도 입힐까 봐 감히 강력한 마법은 구사하지 못하는 것이다.

뎀피스의 성격을 알기에 시도할 수 있는 작전이었다.

'소환만 끝내라. 그럼 곧바로…….'

그때였다.

뎀피스가 뼈 손가락을 빙글 돌렸다.

"굳이 새로 부를 것도 없지. 이미 있는데."

마법진이 빛을 발하더니 곁에 있던 휴고트를 휘감기 시작했다.

"데, 뎀피스 님?"

놀란 휴고트가 발버둥 쳤지만 소용없었다. 어느새 빛이 그의 전신으로 스며들고 있었다.

사지가 늘어난다. 뿔과 촉수가 전신에서 돋아난다. 덩치가 2배 이상 부풀어 오르며 인간의 모습이 사라져 간다.

카르나크의 안색이 굳었다.

"……어?"

저런 식으로 나오면 그가 파고들 틈이 전혀 없다!

바로스가 떨떠름한 표정으로 전언을 날렸다.

[그러고 보니 뎀피스 총독은 도련님 하던 짓 따라 하곤 했

었죠?]

그렇다. 부하는 바로스 빼곤 죄다 소모품으로만 취급하던 카르나크였다.

그리고 뎀피스는 그런 카르나크의 충실한 수하 중 1명이었지.

'윽, 성격은 파악했는데 성품을 미처 파악 못 했네.'

그 상관에 그 부하인 것이다.

둘 다 치사한 짓이 기본값이다.

"전투 끝나면 되돌려줄 테니 너무 신경 쓰지 말고."

태연하게 뎀피스가 레번과 라피셀을 가리켰다.

"저것들이나 붙잡아."

괴물이 된 휴고트의 포효가 강당을 떨쳐 울렸다.

"크아아아아!"

━━━━✴━━━━

2.5미터의 괴물이 강당을 질주한다.

카르나크 일행이 허겁지겁 가로막으려 했지만 소용없었다.

"어딜!"

뎀피스가 중간에 끼어들어 섬광 마법을 난사했다.

폭발에 휘말리기 싫으면 물러설 수밖에 없었다.

세라티가 이를 갈았다.

"제길!"

그 틈을 타 휴고트가 등에서 돋아난 촉수들을 채찍처럼 뻗어 냈다.

쉬이이익!

촉수가 밀리아의 신성 방어를 부수며 그녀의 팔다리를 붙잡았다.

"크윽!"

하지만 레번과 라피셸은 달랐다.

파공음 사이로 교묘히 몸을 날린다.

분명히 촉수보다 몸놀림은 느린데 사전에 움직임을 예측해 먼저 움직여 공세를 피한 것이다.

'어떻게 미리 알고?'

휴고트는 경악했고, 뎀피스는 심드렁했다.

"당연히 저쯤은 하셔야지."

몸을 날린 레번과 라피셸의 어깨 위로 보이지 않는 압력이 덮쳐 왔다.

뎀피스가 날린 중압 주문, 맥시멈 그래비티였다.

"커억!"

"윽!"

무형의 압박에 짓눌린 두 사람의 움직임 역시 멈춰 버렸다.

곧바로 휴고트의 촉수가 날아들어 둘의 사지 역시 꽁꽁 묶였다.

"레번 경!"

"라피셀!"

바로스와 세라티가 강당 외곽을 돌며 몸을 날렸다.

하나 뎀피스의 마법은 지나치게 철벽이었다.

"어림없다."

둘의 등 뒤로 황금 지팡이를 겨누며 주문을 외운다.

"승냥이의 울음이 천공을 덮는다, 와일드 선더."

불규칙적인 전격의 그물이 사방팔방으로 퍼져 나갔다.

간신히 공세를 피해 달아나며 세라티가 전언을 날렸다.

[이제 어째요, 카르나크 님?]

일이 꼬였다. 이래서야 쓸데없이 인질만 내준 셈이 아닌가?

하지만 카르나크라고 딱히 대책이 떠오르는 건 아니었다.

[이, 일단 눈앞의 위기부터 극복하고 보자!]

바로스의 사슬검이 연달아 춤을 추고 세라티의 붉은 오러가 강당 곳곳을 수놓는다.

맹렬히 전투를 이어 갔음에도 전황은 영 나아지지 않았다.

"이젠 더 이상 신경 쓸 것도 없으니……."

뎀피스는 여유 있게 마법을 난사하며 일행을 몰아붙이고 있었다.

"느긋하게 그대들의 목숨을 거두기만 하면 되겠구나."

마력량이 워낙 압도적이라 도저히 반격을 꾀할 수가 없다. 간신히 위기에서 벗어나는 것이 최선이다.

카르나크의 이마에서 식은땀이 흘렀다.

'크, 큰일이네…….'

그나마 아직까지 버틸 수 있는 이유는 우습게도 뎀피스, 엄밀히 말하면 달라스가 정말로 그의 마법 스승이기 때문이었다.

혼돈마법 술식을 짤 때 기초로 삼은 마법이 바로 달라스의 것이었으니까.

애초에 혼돈마법은 강해지려고 만든 것이 아니다. 튀지 않고 조용히 살기 위해 만든 안빈낙도용 마법이다.

그런데 3인의 대마법사들의 마법은 개성이 너무 강했다.

개성이 강하면 그만큼 변화시키기도 힘들고, 자칫 잘못 갖다 쓰면 정체도 바로 들통나는 법.

반면 달라스의 마법은 범용적이었고 딱히 세상에 알려지지도 않았다. 조작하기도 쉬울뿐더러 마음껏 갖다 써도 그 누구도 알아보지 못할 터였다.

그래서 갖다 쓴 것이 이런 식으로 전화위복이 될 줄이야?

하지만 이대로 오래 버틸 수는 없을 터였다.

이제 더 이상의 미끼도 없다. 인질은 빼앗겼고, 상대는 부담 없이 이쪽을 죽여 버리려 한다.

한 번의 판단 미스로 굉장히 불리한 상황이 되어 버렸다.

'어쩌지? 어쩌면 좋지?'

카르나크의 안색이 점점 딱딱하게 굳어 갔다.

계속 자신의 공격을 막아 내는 카르나크를 보며 뎀피스는
의아해했다.

'저놈은 왜 내 마법을 저리 잘 아는 것처럼 보이지?'

여전히 그는 혼돈마법이 자신으로부터 비롯되었다는 걸
눈치채지 못하고 있었다. 카르나크가 워낙 변형을 많이 시킨
덕분이었다.

그렇다 한들 큰 문제는 아니었다.

자고로 강자는 약자에 비해 선택지가 많은 법이다.

'알아도 못 막는 방식으로 바꾸면 될 일이다.'

뎀피스의 주위로 눈부신 마법의 빛이 무수히 떠올랐다.

마법의 빛이 요동치며 아크 리치의 주위를 맹렬히 돌았다.
공기가 찢겨 나가며 굉음을 발했다. 그리고 일제히 사방으로
쏘아졌다.

"아콘 비트 에리어."

무수한 빛의 탄환이 허공을 유영하며 날아든다.

너무 범위가 커서 도저히 비껴 흘리거나 할 수가 없다.

당연히 공세를 피하기 위해 바로스와 세라티가 몸을 날렸다.

"헙!"

"타앗!"

바로스는 좌측, 세라티는 우측.

서로가 서로를 향해 몸을 날리니 착지도 같은 지점에 동시에 한다.

그런데 하필 그곳에 카르나크가 서 있다.

바로스의 안색이 굳었다.

"아차!"

지금 템피스는 절묘하게 이들 셋을 한자리에 모은 것이다.

'흐, 흩어져야…….'

너무 늦었다.

이미 아크 리치의 극대 마법이 황금 지팡이를 통해 권능을 발하고 있었다.

"사라져라, 귀찮은 인간들아."

지팡이 끝에서 방대한 어둠이 쏟아져 나와 해일이 되어 밀려오기 시작했다.

"얼티메이트 다크."

닿는 모든 것을 분쇄해 버리는 파괴의 어둠.

매우 단순하고 광범위하며, 극도로 비효율적인 데다 마력 낭비도 심한 마법이다.

하지만 그만큼 절대 피할 수도 막을 수도 없다.

"으아아아!"

닥쳐오는 죽음 앞에 바로스가 검을 길게 찔러 들어갔다.

"으아아아!"

동시에 정신을 집중해 오러를 제련한다.

정련된 투기가 날카로운 흐름으로 바뀌며 찬란한 청색의 빛을 발한다.

유능제강, 블루 나이트의 경지였다.

푸른 검광이 어둠을 가르며 사방으로 흘러가기 시작했다.

무자비한 파괴의 힘이 강당 곳곳을 넘쳐흐르며 벽을 부수고 천장과 바닥을 박살 냈다.

콰콰콰콰콰콰쾅!

뎀피스조차 놀란 듯 중얼거렸다.

"어떻게 청색급 따위가 이 마법을 막을 수 있지?"

하나 그것이 전부였다.

잠깐 흘릴 순 있지만 완전히 막는 건 불가능하다. 그저 몇 초 정도 유예 시간을 얻는 것이 전부다.

'알아, 나도 안다고, 제길!'

그럼에도 바로스는 최대한 힘을 끌어내 버티고 또 버텼다.

어쨌건 이걸로 당장 죽는 건 면한 것이다.

그리고 그다음엔…….

'죽어도 죽기 싫어하는 저 인간이 어떻게든 하겠지!'

과연 카르나크는 바로스의 기대를 저버리지 않았다.

눈앞을 뒤덮은 어둠을 바라보는 그의 뇌리에서 빛이 스쳐
지나간다.

'저건?'

잘 아는 패턴이었다. 그것도 술식 하나하나를 자세히 뜯어
가며 연구하기까지 한 마법이었다.

누가 사령왕 아니랄까 봐, 혼돈마법 만들 때도 죽음이니
어둠이니 하는 속성이 들어간 마법은 유독 열심히 들여다본
것이다.

'이거라면!'

곧바로 혼돈마력을 끌어내며 카르나크가 역술식 마법을
걸었다.

"나, 투영하는 어둠을 펼치노라! 팬텀 오브 다크니스!"

어둠 위로 더욱 짙은 어둠이 뒤덮이며 칠흑의 폭풍이 강당
전체를 휘몰아쳤다.

요란한 폭음이 귀청을 찢을 듯이 울렸다.

콰콰콰콰콰쾅!

어둠이 가라앉았다. 부서진 강당 사이로 차가운 바람이 불
었다.

괴물이 된 휴고트는 멍한 표정을 지었다.

"……어?"

카르나크와 바로스, 세라티의 모습이 보이지 않았다.

'시체조차 남기지 못한 건가?'

그렇다기엔 너무 남은 게 없다.

아무리 소멸이니 어쩌니 해도, 사람 3명이 정말 티끌 하나 남지 않고 사라지긴 쉽지 않다. 적어도 사소한 핏자국이나 살점 조각 정도는 남아 있어야 했다.

역시나, 뎀피스가 심드렁하게 중얼거렸다.

"놓쳤다. 어디로 도망친 건지 모르겠군."

믿을 수 없다는 듯 휴고트가 그를 돌아보았다.

"놈들이 뎀피스 님의 눈을 속였다고요?"

무려 9서클의 마스터이자, 최강의 언데드 중 하나라는 아크 리치였다. 그런 그가 상대를 놓치다니?

"어떻게 그것이 가능하단 말입니까?"

"모르겠다. 저들에겐 가능했던 모양이지."

의외로 뎀피스는 크게 신경 쓰지 않는 듯했다.

"어차피 목적은 달성했다."

휴고트의 촉수에 매달린 레번을 바라보며 뎀피스가 입을 열었다.

"제물을 옮겨라."

눈치를 보며 휴고트가 대꾸했다.

"그 전에 저를 좀 원래대로 돌려 주셔야……."

"아, 그렇군."

뎀피스는 황금 지팡이를 가볍게 휘둘렀다.

우선 레번과 라피셀, 밀리아에게 패럴라이즈 마법을 걸어 마비시킨다. 저들을 기절한 에디아 옆에 던져 놓고 나서 휴고트를 인간으로 되돌린다.

"후우……."

인간 형태로 돌아온 뒤에야 휴고트가 안도의 한숨을 내쉬었다.

"일단 교도들을 동원해 최대한의 경계를 세워야겠군요."

"……경계를 세운다고?"

"예. 도망친 놈들이 동료를 구하러 다시 오지 않겠습니까?"

"그렇군, 음. 그래, 그대 말이 옳아."

휴고트는 의아해했다.

당연한 소릴 했을 뿐인데, 어째 뎀피스가 묘한 반응을 보인 것이다.

하나 뎀피스는 딱히 설명을 해 주지 않았다. 대신 명령을 내리며 품속으로 뼈 손가락을 집어넣었다.

"경계를 강화하고, 제단을 준비하라."

허수공간을 통해 뭔가를 끄집어낸다.

"모든 준비가 끝나면……."

표면에 기이한 문양이 맴도는 칠흑의 정육면체였다.

"강림 의식을 행하겠다."

휴고트는 바쁘게 움직였다.

제단 자체는 이미 중앙 예배당에 설치해 놓았다. 하지만 이를 강림 의식에 맞게 조정하려면 상당히 많은 수의 사령술 사들이 필요하다.

카르나크 일행의 습격 때문에 부하들을 많이 잃었다. 현재 웰라드 지부의 살아남은 암흑 신관들은 휴고트를 제외하면 4명에 불과하다.

"전력이 모자라는군."

그래서 죽은 사령술사들을 언데드로 되살렸다.

사령술이 개입되면 동료의 사망이 꼭 전력의 상실로 이어지진 않는 것이다.

"테스라낙께서 강림하시면 그대들에게 새로운 삶을 내릴 것이다. 그때까지 신실하게 교단을 섬기도록!"

"……네."

"……알겠습니다."

그렇게 지성이 유지되는 식인귀, 엘더 구울로 부활한 부하들까지 강림 의식 준비에 투입되었다.

총 8명의 사령술사들이 방대한 어둠의 기운을 조율해 제단 전체에 의식을 위한 결계진을 펼친다.

그 광경을 지켜보며 휴고트는 안도의 한숨을 쉬었다.

"그나마 계획대로 진행할 수 있어 다행이군."

스트라우스 가문의 레번 스트라우스를 강림 의식의 제물로 삼는다.

이는 무려 반년 전, 본단에서 뎀피스가 내려올 때부터 준비한 계획이었다.

그나마 첫째인 에밀이 아니라 레번이 목표인 것이 다행이었다. 무왕의 후계자인 에밀이라면 어지간한 전력으로는 감히 건드려 보지도 못할 테니까.

반면 레번은 오러 유저가 아니라 일개 기사다.

제법 뛰어난 실력을 지닌 것은 사실이지만 휴고트의 능력으로 제압이 불가능할 정도까진 아니다.

그러나 상황이 통 여의치 않았다.

하필 레번은 에트리얼 왕국의 킹스 오더였다.

검은 신의 교단을 상대하는 데 특화된 조직의 일원이란 소리다.

게다가 킹스 오더 특성상 홀로 다니는 경우도 거의 없다.

그렇다고 킹스 오더 임무를 맡지 않았을 때를 노리자니, 이건 더 문제였다.

무려 스트라우스 가문인데? 차라리 킹스 오더인 쪽이 만만하지.

내내 기회를 엿보던 중이었다.

어쩌다 보니 웰라드 지부의 위치가 들통이 나고, 유스틸 왕국에서 자신들을 노리는 사태까지 벌어졌다.

여기까진 '아, 골치 아픈 일 생겼다. 짜증 나네.' 정도의 감상이었다.

그때 유스틸 킹스 오더의 협력자로 스타르 경이 정해졌다는 정보를 입수한 것이다.

스타르 경은 레번과 같은 대대 소속의, 같은 트레저 헌터 출신 킹스 오더였다.

즉, 스타르 경에게 무슨 일이 생기면 자연스럽게 레번 스트라우스가 대타로 나설 수밖에 없다!

이후로는 일사천리로 계획이 진행되었다.

가련한 스타르 경에게 불의의 사고가 덮쳤고, 레번 스트라우스가 유스틸 왕국의 킹스 오더와 협력했으며, 자연스럽게 웰라드 지부까지 들어오게 되었다.

예상 못 한 것은 유스틸 왕국 놈들이 상상 이상으로 강했다는 것.

"뎀피스 님이 제때 오시지 않았다면 정말 큰일 날 뻔했지."

중얼거리며 휴고트는 감옥 안을 살폈다.

마법으로 혼수상태에 빠트린 레번과 라피셀, 밀리아, 에디아의 모습이 보였다.

에디아를 보며 휴고트가 혀를 찼다.

"처음부터 다시 시작해야겠군, 끄응."

기껏 그녀에게 걸어 놨던 현혹술의 방향이 완전히 틀어져 있었다.

이대로라면 에디아는 교단이 아닌 다른 제3자에게 충성을 바치게 되는 것이다.

정황상 유스틸 왕국의 킹스 오더 중 누군가가 그 대상임이 틀림없다.

뭐, 이 경우에는 그리 큰 문제가 아니다.

충성의 대상이 사라지면 다시 현혹술을 걸기도 쉬워지겠지.

그리고 놈들은 분명 이들을 구출하러 올 것이다.

"다시 나타나기만 하면……"

놈들 중에서도 유독 재수 없던 흑발 청년을 떠올리며 휴고 트는 이를 갈았다.

"모조리 제물로 바쳐 내 힘으로 바꿔 주마!"

＊

말레피쿠스 던전 외곽의 무너진 공동 바닥.

모래와 기둥이 얽힌 폐허 속에 세 남녀가 쪼그려 앉아 있었다.

뎀피스의 마지막 일격에서 간신히 도망쳐 나온 카르나크

와 바로스, 세라티였다.

"휴우, 상대가 뎀피스라서 살았네."

반쯤 금이 간 완드를 내려다보며 카르나크는 혀를 내둘렀다.

진짜 운이 좋았다.

이미 잘 알고 있는 달라스의, 그중에서도 따로 역술식을 연구해 놓았던 마법이다. 그렇기에 그 찰나의 순간 술식을 반전시켜 위력을 비껴 낼 수 있었다.

"화염계나 섬광계 같은 순수 파괴 마법이었다면 지금쯤 다들 고혼이 되었을걸."

세라티가 부르르 떨었다.

"그러게요. 다들 끝장날 뻔했네요."

바로스가 고개를 저었다.

"아니, 끝장나진 않았을걸요."

"네? 우리 죽을 뻔한 거 아니었어요?"

"죽을 뻔한 건 맞죠."

"다들 고혼이 되었을 거라고……."

"고혼이 될 뻔한 것도 맞고요."

용어의 정의 해석에 큰 차이가 있는 것이다.

진정한 사령술사에게 있어 '죽음'과 '고혼'은 존재의 다른 형태이지 '끝장'이 아니다.

카르나크가 턱을 괸 채 중얼거렸다.

"그거 못 막았으면 육체는 싹 날아갔겠지."

고혼, 정확히는 사령이 된 후에 던전의 사기를 타고 떠돌며 탁기를 모아 힘을 축적했을 것이다. 그리고 주변 마물을 끌어모아 시체로 만든 뒤 언데드 육체로 조립하고 그 속에 깃들었겠지.

"물론 그렇게 되면 인간다운 삶은 끝장이니, 큰일 날 뻔한 건 맞아."

사지를 매만지며 카르나크는 새삼 안도의 한숨을 쉬었다.

"진짜 천만다행이군."

기껏 손에 넣은 이 육체를 도로 잃는다고 생각하니 오금이 저릴 지경이었다.

"하지만 다른 동료들을 빼앗겼잖습니까."

바로스가 레번과 라피셀 등을 언급하며 물었다.

"어떻게 저들을 구해야 하죠?"

죽이려고 데려간 것은 아니니 당장은 안전할 터였다. 하지만 저대로 그냥 내버려 둘 수도 없다.

카르나크가 어색한 듯 뺨을 긁었다.

"일단 현 상황에선 딱히 방법이 떠오르질 않는다만……."

세라티가 안색을 굳혔다.

"전에 말씀드렸죠? 동료를 구하기 위해선 어느 정도 나쁜 짓은 해도 된다고요."

물론 그녀는 저런 식으로 말한 적이 없다.

하지만 어차피 이놈들은 그렇게 받아들였으니, 이런 식으로 말하는 게 이해하기 편하겠지.

"잠시 사령술사로 돌아가실 시간인 게 아닐까요?"

물론 이 경우 레번이며 라피셀, 밀리아에게 카르나크의 정체를 드러내게 된다는 문제점이 있다.

"그래도 기억을 살짝만 지우거나 하면 어떻게든……."

카르나크와 바로스가 신기한 듯 세라티를 바라보았다.

"세라티가 저런 소릴 다 하네?"

"그러게요. 저건 보통 제가 할 소리인데."

"그럼 어쩌자고요? 어쨌든 라피셀은 구해야 할 것 아니에요!"

신경질적인 세라티의 대꾸에 카르나크가 피식 웃었다.

"그래, 레번이나 밀리아, 에디아는 별문제 없을 거다. 부작용 없이 1시간 정도의 기억만 지우면 될 테니까."

다만 라피셀도 그럴 수 있을지는 확신이 없었다.

"함부로 정신 건드리기엔 워낙 밸런스가 아슬아슬해서……."

어쨌든 이건 저들을 구한 다음에 고민할 일이었다.

현 상황의 진짜 문제는 저것이 아니다.

"내가 아까 말했지? 현 상황에선 딱히 방법이 떠오르지 않는다고."

여전히 턱을 괸 채 카르나크가 심각한 어조로 뇌까렸다.

"그거, 사령술을 쓴다는 전제하에서 한 소리야."

예전, 트리스트 시티에서 슈트라프 주교를 상대했을 때.

당시 카르나크는 일단 사령술사로 돌아간 후엔 거침없이 움직였다.

마법사로서야 답이 없어도 사령술사로서는 상대를 짓누를 수 있다는 확고한 자신이 있었다.

하지만 지금은…….

"사령술을 쓴다 쳐도, 딱히 뎀피스를 이길 방도가 떠오르질 않아."

아크 리치는 단신으로도 도시 하나를 멸망시킬 수 있는 괴물이다. 거기에 9서클의 마스터이기까지 하면 슬슬 일인 군단의 수준이 되어 버린다.

"아무리 계산해 봐도 이대로 붙으면 우리가 진다."

"그럼 어쩌자고요? 그냥 버리고 우리끼리 달아나자고요?"

세라티는 비아냥거림의 의미로 던진 질문이었는데, 카르나크가 진지하게 고개를 끄덕였다.

"예전의 나라면 그랬겠지."

실제로 그랬다.

그는 결코 불리한 상황에 몸을 던진 적이 없었다.

온 대륙이 적이었으니 불리한 전투를 벌인 적이 없었다는 것은 아니다. 하지만 도망칠 수 있는데도 무모하게 덤벼든 적은 없다.

인질? 동료? 부하?

가차 없이 버렸다.

아니, 버린다는 인식도 없었다. 불리해진 시점에서 그냥 전력 상실로 치부되었다.

바로스가 진지한 얼굴로 중얼거렸다.

"하긴, 우리는 위험할 줄 알면서 누군가를 구한 적이 없었죠."

세라티가 인상을 썼다.

"하지만 서로를 구하러 위험을 무릅쓴 적은 있지요?"

물론 그렇다.

아무리 카르나크라 해도 진짜 중요한 선 안쪽 사람은 구했다. 그저 그 선 안쪽에 단 1명밖에 없었을 뿐이다.

바로스 역시 마찬가지였고.

"그러니까 그 정도인가, 이게?"

순간 카르나크의 표정이 섬뜩하게 변했다.

"붙잡힌 게 세라티 너라면 고민을 좀 했을 거야. 너 정도면 이제 내 선에 걸쳐 있는 정도는 되거든."

하지만 결국 포기했을 것이다.

저 정도 적을 상대로, 승산이 이 정도라면 아무리 세라티라 해도 '전력 상실'에 포함되었을 테니까.

하물며 저들은?

레번? 밀리아? 에디아?

그냥 아는 사람일 뿐이다. 인간들 중에서는 그래도 조금 친한 이들.

겨우 다시 손에 넣은 소중한 생육신의 안위를 걸 만한 가치는 없다.

"라피셀의 경우는 그래, 신경이 쓰이는 건 사실이지."

그녀는 세라티와 비슷하게 카르나크의 선에 걸쳐 있는 경우였다.

고민은 되지만 확신을 가질 정도는 아닌 경우.

솔직히 말해 예전의 카르나크였다면 이런 고민 자체를 하지도 않았다.

진작 저들은 버리고 어떻게 안전하게 이곳을 탈출하냐만 고민 중이었겠지.

"하지만 그건 예전처럼 사는 게 되지."

지금 그의 진정한 고민은 동료의 안위가 아니었다.

"내 목숨을 걸어 가면서까지, 예전처럼 살지 않아야 하나?"

세라티는 단호하게 답했다.

"네."

너무 당연하다는 듯한 투라서 오히려 카르나크가 당황했

다.

"잠깐? 내 목숨 거는 게 당연하다고, 지금?"

"물론이죠."

"어째서?"

"그렇게까지 해 가면서 부지한 목숨이 별 가치가 없어서, 기껏 시간까지 되돌리신 것 아니었어요?"

순간 카르나크의 말문이 막혔다.

침묵하는 그를 향해 세라티가 차분한 목소리를 이어 간다.

"물론 모두가 저런 위험을 감수하면서 살진 않아요. 사실, 진짜 자기 목숨 걸렸을 땐 동료를 버리는 이들이 오히려 더 많죠."

하지만 그들조차도, 눈앞의 카르나크보다는 인간적이다.

어째서일까?

"저들을 버린다 해서 카르나크 님이 죄책감에 시달리거나 하시진 않을 것 같거든요."

"뭐, 그렇겠지?"

면전에서 욕을 박은 것이나 다름없는데도 별 반응이 없다.

그런 카르나크를 보며 세라티는 씁쓸한 표정을 지었다.

"저도 예전엔 몰랐죠. 이게 그렇게까지 거창한 일인가, 살다 보면 그런 일도 있을 수 있지 않느냐고 생각했어요."

지금은 확신할 수 있다.

카르나크를 봤기 때문이다.

사람이, 사람답지 않게 살다 보면 어떻게 되는지 알았다.

"평소 카르나크 님이 입에 달고 사시는 말이 있죠?"

과식이나 폭음의 유혹을 느낄 때마다 카르나크는 되새겼다.

저런 사소한 걸로 시작해, 정신 차리고 보면 어느새 몸이 망가져 있는 게 세상 이치인 법이라는 걸.

"그건 비단 육체에만 국한되는 문제가 아니에요."

이번엔 넘어가고 다음엔 잘하자? 과연 그렇게 할 수 있을까? 100년이 넘는 세월 동안 그렇게 살지 못했음을 이미 아는데?

"저들을 포기하는 순간……."

착 가라앉은 목소리로 세라티는 또박또박 말했다.

"카르나크 님은 자신의 영혼도 포기하게 되는 거예요."

한동안 침묵이 이어졌다.

그녀도 더 이상 입을 열지 않고 조용히 기다렸다.

한참 후에야 카르나크의 입가에 퉁명스러운 미소가 떠올랐다.

"쳇, 애들 구해야겠네."

구출 작전

평소 미사를 행하던 검은 신의 교단 지저 예배당.

휴고트와 8인의 사령술사들이 중앙에 위치한 오각형의 돌 제단 주위에 그려진 피의 마법진에 어둠의 마력을 흘려보내고 있었다.

그 모습을 지켜보며 템피스는 차분히 계획을 점검했다.

'이 속도라면 내일쯤에는 제단이 완성되겠군.'

그는 예배당 뒤쪽의 작은 석실로 시선을 옮겼다.

현재 레번을 비롯해 붙잡은 인질들은 전원 저곳을 임시 감옥으로 삼아 가두어 놓은 상태다.

따로 감옥이 없는 것도 아닌데 굳이 지저 예배당에 모아 놓은 이유가 있었다.

'솔직히 놈들이 만만치는 않았지.'

자신이 아니라면 웰라드 지부에서 카르나크 일행을 감당할 수 있는 전력이 없는 것이다.

그래서 아예 뎀피스가 직접 인질들을 지키고 있었다.

예배당 중앙의 옥좌에 거만하게 앉아 제단이며 임시 감옥까지 전부 살펴보는 중이었다.

사실 그냥 서 있어도 아크 리치라서 다리가 아프다거나 하진 않겠지만 그 경우엔 너무 없어 보이는 문제가 생긴다.

무릇 우두머리라면 높은 자리에 앉아 거만하게 굽어살펴봐 줘야 아랫것들도 알아서 위축되어 일 잘하는 법 아니겠나?

그렇게 예배당은 직접 지키고, 통로 곳곳에 무술에 능통한 사교도들을 배치했다.

이 정도면 놈들이 언제 습격해도 바로 파악할 수 있으리라.

그럼에도 뎀피스는 만족하지 않았다.

이는 카르나크 일행이 비거주 구역에 숨어 있다고 가정한 포진이었다.

저들이 주거지역 안쪽에 숨어 있다면 바로 예배당이 공격당할 가능성도 부인할 수 없었다.

'물론 아직 그런 흔적은 없지만, 언제 숨어들지 모르니 방심은 금물이지.'

그래서 수시로 주거지역 전체에 철저하게 순찰을 돌리고

있었다.

지위 고하를 막론하고 모든 이들의 개인 침실까지 전부 확인해 만일의 사태를 대비하는 것이다.

'이 정도면 아무리 놈들이라도 어쩔 도리가 없겠지.'

그렇게 평소 습관처럼 만반의 준비를 갖추다 말고 뎀피스는 문득 고개를 갸웃거렸다.

열심히 대비를 하다가도 그 검은 머리 청년만 떠올리면 '저게 동료를 구하러 온다고? 그럴 리가? 차라리 해가 서쪽에서 뜨고 말지.'라는 근거 없는 확신이 자꾸 든다.

'정말 모르겠군. 어째서 알지도 못하는 놈에게 이런 기분이 느껴지는 거지?'

꿈

카르나크는 고민하고 있었다.

"어떻게 해야 하나……."

동료들을 구하기로 마음먹었다 해서 바로 움직일 순 없다.

목적은 어디까지나 '구하기'다. 무대포로 쳐들어가서 '다 같이 죽기'가 아니라.

문제는 지금의 그가 뎀피스와 붙으면 승산이 제로라는 것.

"그래, 이길 방법은 없지만……."

한참을 고민하고 나서야 어느 정도 수가 보였다.

"……애들만 빼돌리는 것이라면 어떻게 가능할지도 모르겠군."

역으로 뎀피스의 입장이 되어 생각해 본다.

어떤 상황이 제일 편할까?

당연하게도 카르나크 일행이 뭘 해 보기도 전에 의식을 끝내 버리는 것이 최고다. 이후에 느긋하게 남은 일을 처리하면 된다.

"대체 무슨 의식을 준비 중인지는 모르겠지만 말이지."

카르나크의 사기 탐지 능력은 실로 가공할 수준이다.

멀리 떨어진 이 비거주 지역에 숨은 상태로도, 정신을 집중하면 어느 정도 어둠의 기운을 감지하는 것이 가능하다.

덕분에 대략적인 상황은 파악한 후였다.

"보아하니 예배당? 그곳에 제단을 꾸리고 있는 모양이야. 용도는 모르겠지만."

의아해하며 바로스가 물었다.

"도련님도 모른다고요? 사령술인데요?"

"원래 쟤들은 사령술을 좀 이상하게 쓰잖아."

그간 만났던 검은 신의 교도들처럼 뎀피스 역시 마나와 사령력이 뒤섞인 괴상한 술식을 펼치고 있었다.

때문에 뭔가 하고 있다는 건 알겠는데 뭘 하고 있는 건지는 당최 모르겠다.

"에잉, 사령술사 주제에 저런 사도적인 수법을 쓰다니."

정통 사령술사라 자부하는 카르나크 입장에선 영 불쾌한 짓거리인 모양이었다.

듣고 있던 세라티는 묘한 기분이었지만.

'사도인 사령술을 사도적인 수법으로 쓰는 거면 이게 좋은 건가, 나쁜 건가?'

바로스가 어깨를 으쓱거렸다.

"별문제 없겠죠. 어차피 사령술사들이 제단 쌓고 의식 치르는 건 대체로 뻔한데."

"글쎄, 아마도 악마에게 바치는 그런 흔해 빠진 의식은 아닐 거라 보지만……."

하긴, 바로스 말도 틀린 건 아니다.

의식의 정체가 뭔지는 지금 중요한 게 아니다. 실행되지 못하게 만드는 게 중요하지.

"사기의 흐름을 보면 완성까지 대충 하루 정도 걸릴 거야."

"시간적 여유는 제법 있네요?"

"그래. 손쓰기도 전에 상황 종료되는 일만은 피할 수 있을 것 같아."

그렇다고 의식 전에 기습한다 해서 카르나크 일행에게 승산이 있는 건 아니다.

그럼 템피스도 카르나크 일행을 깔끔히 해치우고 차분히 의식을 시작하면 그만이니까.

역시 제일 좋은 타이밍은 이거다.

"의식 도중에 난입하는 거지."

바로스와 세라티가 고개를 끄덕였다.

별로 신기한 이야기도 아닌지라 둘 다 이 정도는 예상하고 있었다.

"중요한 건 난입 타이밍을 언제로 잡느냐는 것인데, 경험 상 언제쯤 난입하면 될지도 대충 짐작이 가거든."

세라티가 문득 물었다.

"경험상이라니, 예전에도 이렇게 난입한 적이 있어요?"

"아니."

카르나크의 입가에 쓴웃음이 맺혔다.

"난입당한 적이 있었지. 제단 꾸리고 제물 바치던 도중에."

⁂

사령왕 시절, 카르나크는 참으로 많은 제물을 바쳐 지옥의 힘을 끌어내곤 했다. 그리고 그때마다 인류의 수많은 영웅들에게 제지를 받았다.

물론 대부분 별문제 없이 의식을 끝낼 수 있었다.

카르나크의 권능은 강대했고, 인류의 발악은 조촐하기 그지없었으니까.

하지만 개중에 제법 위협이 되는 경우도 없진 않았다.

"의식을 진행하는 중이라 해도 모든 과정이 전부 위험한 건 아니야."

의식 초반, 사령력을 집중해 제단 전체를 감싸는 단계에선 외부 난입이 들어온다 해도 큰 문제가 없다.

"그냥 잠시 의식을 멈추고 상대한 다음 다시 진행해도 무방하거든."

의식 후반이라면 그냥 수하들을 부려 난입을 막아 가며 서둘러 의식을 끝내면 된다.

"잠깐만 버티면 상황 종료이니 이 역시 크게 지장은 없지."

진짜 최악의 타이밍은 의식 중간, 그것도 술식을 행하는 주체가 사령술사에서 제단으로 넘어간 직후였다.

"이때 잠깐 사령술사의 권능이 제단에 통째로 묶이게 되거든."

물론 이때라고 사령술사가 무방비가 되거나 하는 건 아니다. 그냥 의식을 포기하면 그만이긴 하다.

"제단 쌓고, 제물 준비하고, 의식 진행한 모든 권능과 자원을 다 포기해야 하지만 말이야."

투자한 걸 싹 다 날릴 각오를 해야 의식을 멈출 수 있는 것이다.

"이게 사람 욕심이 딱 걸리는 구간이 있어요."

의식을 계속 진행하기엔 애매하게 시간이 많이 남았고, 손을 떼어 버리자니 그동안 쌓은 모든 노력이 통째로 날아간다.

카르나크도 저 타이밍에 잠깐 머뭇거렸다가 크게 고생한 경험이 있었다.

"한창 의식이 절정에 치달았을 때 딱 맞춰 들어오더라고. 그리고 어둠의 흐름을 역순으로 치환하는 마법을 걸어서 나를 지키게 만들었지."

듣고 있던 세라티가 의아해했다.

"카르나크 님을 지키게 만들었다고요?"

"응. 의식에 투자한 사령력을 모조리 내 주위로 둘러서 모든 공격을 튕겨 내는 거대한 성벽으로 만들어 버리더라."

"……그럼 좋은 거 아니에요?"

"그 상황에선 아니지."

저 술법에 걸리면 의식에 투입된 모든 권능이 강력한 방패가 되어 사령술사를 지키게 된다.

"문제는, 사령술사 본인도 그 방패를 못 깨게 되거든."

말하자면 자신의 힘으로 만든 성벽이 거대한 감옥이 되는 셈이었다.

이 감옥에서 벗어나기 위해선 사령술사가 직접 자신의 권능을 하나하나 해체해야 하는 것이다.

"이 술법으로 뎀피스를 어찌할 순 없어. 반쯤 무적 상태로 만드는 셈이니까."

하지만 어차피 템피스는 상대할 수 없는 괴물이다. 그러니 잠깐 가둬 놓고 그 틈에 레번이며 라피셀 등을 구해서 달아나는 것이다.

바로스가 고개를 끄덕였다.

"아, 저도 기억나요. 그거 엘레자르가 썼던 마법이죠?"

세라티가 카르나크를 보며 물었다.

"엘레자르? 대마법사 엘레자르요?"

"응. 엘레자르 제자 중에 뛰어난 마법사가 많아서 단체로 납치해 제물로 바치고 있었거든."

"아, 예……."

하여튼, 이 마법은 난이도 자체는 크게 높지 않았다.

하지만 사령력의 흐름에 대한 완벽한 예측 능력이 있어야 실현 가능한 수법이다.

대마법사라 불리는 엘레자르니까 가능했지, 다른 이들에겐 어림도 없었을 것이다.

"반면 지금의 나라면 그럭저럭 가능하고."

마법으로야 엘레자르에게 비비지 못하겠지만 사령술이라면 어지간해서는 파악할 수 있으니까.

"물론 마나와 사령력이 융합된 케이스라 무조건 성공한다고 단언할 순 없지만, 그래도 현시점에선 이게 가장 가능성이 높아."

"그렇군요."

세라티가 고개를 끄덕였다. 그리고 물었다.

"그때는 결과가 어땠나요?"

갑자기 카르나크가 딴청을 피웠다.

"어, 그게, 음……."

"카르나크 님?"

바로스가 대신 대답했다.

"그날이 아마 엘레자르가 도련님의 권속이 된 날일걸요."

"……정말 쓸모 있는 수법인 것 맞아요?"

카르나크가 인상을 구겼다.

"그래서 내가 처음엔 그냥 도망가려고 한 거잖아!"

이야기만 들으면 굉장히 좋은 수법 같긴 하다. 하지만 현실과 이론이 꼭 일치하라는 법은 없는 것이다.

솔직히 예전의 카르나크라면 절대 이런 무모한 도박 따윈 하지 않았다.

"그래도, 세라티 네 말대로 예전처럼 살 수는 없으니까 말이지."

＊

예전처럼 살 수는 없다며 각오를 다진 지 딱 5분 뒤.

"오라, 길을 잃은 자들이여……."

카르나크는 예전처럼 살고 있었다.

"내 손에 임해 내 명을 받을지니……."

방대한 어둠을 전신에 두른 채 허공에 손을 뻗는다. 사악한 기운이 사방으로 풀풀 풍겨 난다.

오랫동안 카르나크를 섬긴 바로스조차도 꺼릴 정도의 강렬한 사기였다.

"어우, 살아 있는 몸이 되어서 그런지 굉장히 거슬리네요."

반면 세라티는 아무런 느낌이 없었다. 그래서 더 찜찜하지만.

"저 정말 이대로 권속으로 살아도 되는 거 맞아요?"

어둠을 두른 카르나크 주위로 망령들이 계속 몰려든다.

귀곡성을 흘리며, 한탄하듯 흐느끼며 그의 손아귀로 스며든다.

그리고 처절한 비명을 터트린다.

망령들의 표정이 절망과 고통으로 한껏 일그러진다.

"아아아악!"

"으아악!"

"꺄아아악!"

여신교에서 흔히 가르치는, 지옥으로 빨려 들어가는 죄인들의 모습이 딱 저런 것이 아닐까 싶다.

세라티는 내심 한숨을 쉬었다.

동료를 구하기 위해서 힘을 비축하는 것이니 뭐라 할 순 없겠는데, 그래도 뭐라 하고 싶은 마음이 절로 드는 광경이었다.

"왜? 뭐? 이럴 땐 예전처럼 살아도 된다며?"

"아뇨, 열심히 하시라고요……."

"그렇지? 이건 잘하는 것 맞지?"

　잠시 후 카르나크가 양팔을 내렸다.

"좋아, 이 정도면 당장 필요한 사령력은 비축했고……."

　충만한 권능을 바탕으로 명령을 내린다.

"가라, 어둠의 망령들이여. 죽음의 틈새를 타고 흘러 내 명을 행하라."

　수십, 수백의 망령들이 음산한 소리를 내며 던전 저편으로 몰려가기 시작했다.

　주거지역 남서쪽의 허물어진 복도.

　비거주 지역과 연결되는 통로 앞을 건장한 사내 4명이서 지키고 있었다.

　웰라드 지부에서 특별히 골라 뽑은, 무술에 능통한 교인들이었다.

　물론 아무리 무술에 능통해 봐야 일반인이 카르나크 일행을 막는 건 불가능하다.

　휴고트도 이들에게 전력으로서 기대를 걸고 경계를 세운

건 아니다.

그래서 2인 1조인 경계 태세를 4인 1조로 늘리고 전원 목에 뼈로 만든 호루라기를 걸게 했다.

혹여 적이 나타나면 어떻게든 1명이라도 살아남아 호루라기 불어 침입을 알리라는 의도였다.

처음부터 상대가 될 거란 기대는 하지도 않은 것이다.

반쯤 자살 특공대나 다름없는 임무지만 의외로 경계 태세는 엄중했다.

워낙 테스라낙에 대한 광적인 신앙을 지닌 이들이었다.

전투 중 죽임을 당해도 검은 신에 의해 부활할 것이라는 믿음이 있었다.

그렇게 4인의 경비들이 단창이며 장검을 움켜쥐고 어두운 복도를 노려보던 중이었다.

우우우…….

갑자기 스산한 소리가 들리며 주위로 한기가 돌기 시작한다. 동시에 횃불이 흐느적거리며 하나둘 꺼진다.

"엇?"

"이건……."

경비들은 의아해하며 서로를 바라보았다.

바깥세상에서야 모골이 송연해지는 섬뜩한 현상이겠지만 이 동네에서는 느낌이 좀 다르다.

"뭐야, 유령인가?"

"망령이 왜 여기에?"

사교도들에게 있어 유령의 존재는 뒷산의 호랑이나 늑대와 딱히 차이가 없는 것이다. 어차피 옆 동네 사는 놈들인데?

두려움의 대상이긴 하지만 미지의 공포는 아니다.

그저, 왜 나타나라는 침입자는 안 보이고 망령이 출몰하는지 의아할 뿐이었다.

경비 중 가장 젊은 청년이 나름 추측을 내놓았다.

"혹시 침입자들이 망령을 조종하는 게 아닐까요?"

그리고 바로 구박을 받았다.

"그럴 리가 있겠나? 그건 사령술로만 가능한 일이야."

"침입자들은 유스틸 왕국의 킹스 오더들이다. 그런데 어떻게 망령을 조종할 수 있겠나?"

가장 선임인 중년 사내가 동료들을 환기시켰다.

"그래도 혹시 모르는 일이다. 다들 경계를 엄중히 하도록."

고개를 끄덕이며 경비병들이 검은 신의 증표를 창칼에 매달았다.

비거주 구역이라면 저 망령 하나만으로도 이들은 몇 초 안에 죽임을 당했겠지.

하지만 주거지역이라면 이야기가 다르다.

교단의 강력한 사령결계가 펼쳐져 있어 저 강력한 망령들도 제힘을 발하지 못한다.

일반 교도라도 충분히 상대할 수 있는 것이다.

우우우우…….

희미한 귀곡성과 함께 점점 한기가 짙어진다.

마침내 어둠 저편에 희미한 형체가 모습을 드러냈다.

비참하게 죽어 간, 전신에 창과 화살이 꽂힌 병사들의 형상이었다.

창칼을 겨누며 선임 사교도가 외쳤다.

"온다!"

그의 외침은 반만 맞았다.

망령들이 복도를 타고 반쯤 달려들더니 갑자기 멈춰 버린 것이다.

대략 10여 미터 정도 거리를 두고 망령들과 경비들이 서로 대치한다.

우우우우…….

젊은 경비가 나직이 물었다.

"왜 저러는 거죠?"

그때였다.

망령들이 갑자기 등을 돌렸다. 그리고 도로 어둠 사이로 사라지기 시작했다.

노려보던 경비들이 멍한 표정을 지었다.

"……뭐야, 도대체?"

시체박쥐 한 마리가 예배당의 해골 옥좌 근처로 빠르게 날아든다. 그리고 바닥으로 툭 떨어진다.

"3-3구역, 망령 두 개체가 출몰했습니다."

옥좌 아래 떨어진 박쥐에게서 인간의 목소리가 흘러나왔다.

사령술을 이용한 원거리 통신이었다.

"망령이라고?"

보고를 받은 뎀피스가 고개를 갸웃거렸다.

"침입자는?"

"보이지 않았습니다. 망령만 출몰했을 뿐입니다. 아마도 놈들이 조종한 게 아닐지……."

더더욱 이해가 가지 않았다.

도망친 유스틸 킹스 오더들이 쓸 법한 여러 수단을 미리 예측해 본 뎀피스였다. 하지만 그 모든 예측 중에 이런 경우는 없었다.

'킹스 오더가 사령술을 썼다고? 그럴 리가 있나.'

어쨌거나 망령이 나타났다니 상황은 파악해야 한다.

"망령들은 해치웠나?"

"아니요."

"아니라고?"

"저절로 돌아갔습니다."

"……뭐?"

듣자 하니 더욱 상황이 괴상했다.

그냥 나타났다가 아무 일 없이 그냥 사라졌다는 것이다.

비거주 구역의 망령 중 몇몇이 산책 나온 게 아닌가 하는 생뚱맞은 생각마저 들 정도였다.

물론 그럴 리는 절대 없지만.

'이거 참 이상한 일이군.'

이상한 일은 그걸로 끝이 아니었다.

계속해 시체박쥐가 날아들었다. 보고 역시 계속 들어왔다.

"또 망령들이 출몰했습니다."

"또 망령들이 도로 사라졌습니다."

죄다 비슷한 상황이었다.

교전 따원 없다. 주거지역의 통로 곳곳에서 온갖 망령들이 그냥 나타나서, 그냥 얼쩡대다가, 그냥 사라져 버린다.

고민하던 뎀피스가 문득 미소를 지었다.

"유인책이군."

물론 해골이라 진짜 미소를 짓진 못하고, 지은 것 같은 기분만 느꼈단 소리다.

시체박쥐를 사방으로 풀어 뎀피스가 지시를 내렸다.

"혹여 망령이 도망쳐도 쫓지 마라. 각자 제자리를 지켜라."

상대가 정말 경비들을 유인하려는 목적이라면 반응을 보일 것이다.

예를 들어, 일부러 가벼운 공격을 가해 유인한다거나 하는 식으로.

"어찌 됐지?"

몇몇 보고가 들어왔다.

"공세를 취하긴 했습니다만……."

"조금 공격하다 도로 사라졌습니다."

뎀피스는 자신의 추리에 확신을 가졌다.

"역시."

대충 상대의 의도가 짐작이 간다.

사령술이건 마법이건 신성술이건 간에, 판 크게 벌일 땐 항상 공통점이 있다.

의식 도중에 공격당할 때가 제일 취약하다는 점이다.

놈들도 분명 그 타이밍을 노리고 있겠지.

'승산이 없는데 정면으로 나와 싸우려 들지는 않을 테니까.'

상대의 속셈을 알았으니 대응법을 마련하는 것은 어렵지 않았다.

그래서 이번엔 시체박쥐를 순찰대에게 보냈다.

"주거지역의 모든 공간을 확실하게 조사해라. 쥐 새끼 한 마리 들어갈 틈만 있어도 절대 놓쳐선 안 된다."

의식 도중에 기습하려면 한 가지 전제 조건이 필요하다.

바로 제단이 설치된 곳 근처에 숨어서 타이밍을 재어야 한다는 점.

'아예 근처에 오지도 못하게 만들면 의식 도중 습격당할 걱정을 할 필요도 없다.'

그렇게 해결책을 내놓고 나니 이제 남은 문제는 하나뿐이었다.

현 상황은 아무리 봐도 도망친 유스틸 킹스 오더가 망령들을 조종하는 것처럼 보인다.

하지만 저건 엄연히 사령술의 영역인 것이다.

'어떻게 마법사가 망령을 조종할 수 있는 것이지? 그런 마법이 따로 생긴 건가?'

이미 세상은 많이 바뀌었다.

자신이 모른다 해서 저런 마법이 존재하지 않으리란 법도 없지.

텅 빈 아크 리치의 눈구멍 속에서 푸른 불길이 일렁였다.

"카르나크라고 했었지, 아마도."

✳

말레피쿠스 던전, 비거주 구역의 암흑 속.

내내 눈을 감고 있던 카르나크가 나직이 중얼거렸다.

"좋아, 어디에 어떤 식으로 경비를 세워 놓았는지는 전부 파악했다."

유령은 벽을 통과할 수 있다. 지형지물에 구애받지 않고 돌아다닐 수 있단 소리다.

이를 잘만 이용하면 적진의 지리며 병력 포진 상태 등을 쉽게 파악할 수 있는 것이다.

물론 결코 쉬운 일은 아니었다.

저 많은 숫자의 망령들을 죄다 원견의 시야로 파악해야 하는 만큼, 가공할 정도로 섬세한 사령술 운용 능력이 필요하다.

왕년의 사령왕에겐 별로 어렵지도 않았지만.

"뭐, 지금 나한테 남은 게 감각밖에 더 있냐? 권능 자체는 다 날려 먹었는데."

세라티가 의아해했다.

"이런 방법이 있는데 왜 굳이 몰래 숨어들어서 지도 훔친 거예요, 우리?"

"그야 이건 예전처럼 사는 거니까."

어이없다는 듯 카르나크가 그녀를 바라보았다.

"아니면, 나보고 처음부터 사령술 쓰란 소리야?"

"무, 물론 아니죠. 그냥 너무 자연스러워 보여서 저도 착각했어요."

그 후로도 카르나크는 한참을 더 망령들을 조작했다.

그러던 중이었다.

그가 문득 혀를 찼다.

"사실 유인책으로 쓸 생각도 했는데 그것까진 못하겠네."

망령을 이용해 아무리 공세를 펼쳐도 경비병들이 자리에서 벗어나질 않는다.

그 탓에 제단이 설치된 예배당 안쪽까지는 파악할 수 없었다.

"이건 아무래도 다른 방법으로 파악해야겠군."

자리에서 일어나며 카르나크가 손짓을 했다.

"일단 경비 태세의 빈틈을 찾았으니 몰래 기어들어 가자고."

세라티가 의문을 표했다.

"벌써요? 의식은 아직 한참 남았다면서요?"

사교도들은 만일의 사태를 대비해 예배당 근처를 구석구석 철저히 뒤지고 있었다.

도저히 숨어 있을 곳이 없는 것이다.

"당연히 의식 시작 직전까지 여기서 대기하는 줄 알았는데요."

별것 아니라며 카르나크가 손사래를 쳤다.

"그건 괜찮아. 신경 쓸 필요 없어."

휴고트를 비롯한 웰라드 지부의 사령술사 전력 대부분은 예배당의 제단 술식에 매달려 있다.

인원이 모자라 죽은 자까지 다시 살려 의식에 참가시켜야 할 정도로 고난이도의 술식인 탓이었다.

그럼에도 예배당이 아니라 주거지역 쪽을 지키는 사령술사가 2명 있었다.

바로 발터와 소레스였다.

둘 다 카르나크 일행이 잠입하는 과정 중에 대롱 문 채 생매장당한 이들이었다.

뒤늦게 주거지역 곳곳을 수색하던 중 운 좋게 발견이 된 케이스다.

처음부터 휴고트가 이들을 찾는 데 열중하지 않았던 이유가 있었다.

—이럴 수가, 자네들 멀쩡했나?

7여신교의 심문관들은 사령술사를 붙잡아도 함부로 죽이거나 하지 않는다.

오히려 죽은 후에 더욱 골치 아파지는 경우가 비일비재하니까.

그렇다 해서 함부로 살려 두지도 않는다.

멀쩡한 상태로 내버려 뒀다가 뒤통수 맞는 일도 만만찮게 흔했으니까.

그래서 죽이지 않는 대신, 사지를 자르고 혀를 뽑아 전투 불능 상태로 만드는 경우가 많았다.

-천만다행이군. 아마도 유스틸 킹스 오더의 심문관이 굉장히 심성이 고운 이인 모양이야.

하여튼 그런 이유로 뒤늦게 합류한 발터는 순찰 임무를, 소레스는 평소처럼 주거지역 총괄 임무를 맡고 있었다.

이후 뎀피스의 추가 지시로 인해 한 번 더 지역 전체를 샅샅이 뒤질 때였다.

발터와 사교도 순찰대원들이 한 석실 앞에 섰다. 바로 사령술사 소레스의 개인 침실이었다.

방문 앞에서 소레스를 찾은 뒤, 뎀피스의 지시를 전달한다.

"모든 곳을 확실하게 조사하라더군요."

"물론 그렇게 해야지."

고개를 끄덕이며 소레스가 자신의 방을 가리켰다.

"이곳은 내가 이미 확인했으니 돌아가도 좋네."

"예? 하지만 반드시 교차 검증하라고……."

순찰대원 1명이 의심스러운 눈빛을 보였다.

어째 협박을 받아 몰래 방을 숨기는 듯한 모양새가 아닌가?

그때 발터가 어색한 헛기침을 토했다.

"어험!"

그러자 순찰대원도 뭔가 깨달았다는 표정을 지었다.

그렇다.

소레스 딴에는 은밀하게 감췄겠지만, 이런 지극히 폐쇄적인 소규모 공동체에선 비밀이란 게 있을 수 없다.

'아, 여기는 좀.'

'응응, 이해함.'

대충 이런 눈빛이 오가고 슬쩍 넘어갔다.

"우린 다른 곳을 조사하러 가세."

"예, 발터 님."

너무나도 감추는 게 당연한 장소였다. 너무나도 가까이 가기 싫은 장소이기도 했다.

그저, 대원 중 1명이 안 들리게 혀를 찰 뿐이었다.

"어휴, 저 변태 색……."

그렇게 발터 일행이 멀어지자 소레스의 눈동자가 멍하게 바뀌며 방 안쪽에서 세 사람이 걸어 나왔다.

카르나크와 바로스, 세라티였다.

"다시 한번 말하지만……."

참으로 신뢰가 간다는 듯 카르나크가 빙그레 웃었다.

"여기보다 더 완벽한 은신처가 또 어디 있겠어?"

지저 예배당 중심에 위치한 오각형의 돌 제단이 붉은 빛을 발하며 어둠을 밝힌다.

휴고트와 8인의 사령술사들은 계속해 의식 준비 작업에 열중했다.

제단 귀퉁이에 적힌 불가사의한 문양을 통해 지속적으로 사령력을 불어 넣는 것이다.

뎀피스는 해골 옥좌에 앉아 그 모습을 지켜보고 있었다.

'무난하게 진행되고 있군.'

모든 것이 순조로웠다.

도망친 유스틸 킹스 오더들은 더 이상 움직임이 없었다. 간간이 출몰하던 망령도 도로 사라졌다.

'마지막 수를 써 보고 안 되겠다 싶어 포기한 건가?'

킹스 오더라 해서 모두가 정의감이 투철하고 동료를 아낀 다는 보장은 없으니, 이 정도면 포기했다고 판단하는 게 상식이긴 하다.

특히나 그의 무의식이 이 판단을 강하게 지지하고 있었다.

무심코 흑발 청년에 대해 떠올리기만 하면 조건반사적으로 이런 확신이 든다.

'절대 동료를 챙길 놈이 아니야. 틀림없다.'

유스틸 킹스 오더에 대해서는 신경 끄고, 뎀피스는 강림 의식에 대해서만 정신을 집중했다.

실로 방대하고 복잡한 술식을 필요로 하는 의식이었다. 아크 리치인 그라 할지라도 소홀히 임할 수 없었다.

그러던 중이었다.

한 중년 사령술사가 예배당 안으로 들어섰다.

"무슨 일이지, 소레스?"

"중간보고를 올리겠습니다."

보고 내용 자체는 평범했다. 그냥 아무 일 없다는 내용을 조금 상세하게 떠드는 것뿐이었다.

평소의 태도와 다른 점이 있다면 보고 도중에도 연신 예배당 중앙의 제단을 힐끔거린다는 것 정도?

정확히는, 제단에서 구슬땀을 흘리는 휴고트와 8인의 사령술사들을 살피고 있었다.

딱히 어색한 태도는 아니었다.

상급자들은 벌써 몇 시간째 저 고생을 하고 있는데 정작 소레스 본인은 침입자들 덕분에 중노동에서 제외되어 편한 임무만 맡고 있는 것이다.

이미 의식이 시작된 후라 이제 와서 술사를 바꿀 수도 없다. 그러니 눈치를 안 볼 순 없겠지.

내심 실소하며 뎀피스가 손을 내저었다.

"수고했다. 계속 경계를 늦추지 말도록."

"예, 뎀피스 님."

보고를 마친 뒤 소레스는 자신의 방으로 돌아갔다.

석실 깊숙이, 일명 '개인적인 공간'까지 들어간 후에 소레스의 눈동자가 급속도로 빛을 잃었다.

초점이 없는 멍한 눈을 한 중년 사내를 바라보며 카르나크가 중얼거렸다.

"어디, 상황을 좀 볼까."

소레스의 미간에 손가락을 가져가자 허공에 빛의 영상이 떠오른다.

방금 전 그가 살펴보았던 지저 예배당 상황이었다.

제단의 형태, 석실 여기저기 새겨진 붉은 문양들, 휴고트와 8인의 사령술사들이며 아크 리치의 모습까지 확실히 영상에 비치고 있었다.

태연하게 소레스를 대하는 뎀피스를 보며 바로스가 다행이란 표정을 지었다.

"아무것도 눈치 못 챈 모양이네요."

"그러게. 살짝 좀 불안하긴 했는데."

카르나크의 세뇌 술식은 워낙 가공할 수준이라, 대부분의 사령술사는 눈치채지 못할 정도로 정교하고 은밀하다.

하지만 바탕이 되는 사령력이 아무래도 예전만 못하다 보니 진짜 강력한 술사라면 흔적을 파악할 가능성도 없지는 않은 것이다.

그런데 어쩐지 뎀피스조차도 아무 이상을 느끼지 못한 듯했다.

세라티가 의외라는 표정을 지었다.

"아크 리치쯤 되면 진짜 강력한 언데드 아닌가요?"

카르나크가 고개를 저었다.

"진짜 강력한 언데드가, 진짜 강력한 사령술사와 반드시 같은 의미인 건 아니거든."

애초에 리치라는 존재 자체의 근원이 죽어 가는 마법사가 어떻게든 명줄 더 늘려서 마법의 길을 마저 걸으려는 목적으로 탄생한 것이다.

육체에 걸려 있는 사령술이 강력한 것은 맞지만, 수법만 보면 어둠의 힘으로 구사하는 마법에 가깝다.

"물론 그걸 감안해도 뎀피스가 너무 긴장을 풀긴 했지만."

카르나크가 신기하다며 말을 이었다.

"저 소심한 작자가 이런 걸 대충 넘어가다니, 역시 내가 아는 뎀피스가 아닌가?"

어쨌든 덕분에 필요한 정보를 모두 손에 넣었다.

지저 예배당까지의 진입 루트, 제단 내의 병력, 인질들의 위치와 뎀피스의 상황까지 전부 파악했다.

"이제 다음 준비를 해야지."

카르나크가 오른손을 들었다. 그러더니 잠시 머뭇거리다가 세라티를 돌아보았다.

"확인차 한 번 더 묻겠는데……."

"네?"

"동료를 구하기 위해서니까, 잠깐은 예전처럼 살아도 되는 거 맞지?"

세라티는 바로 대답하지 않았다.

저런 질문에 함부로 답했다가 무슨 사달이 일어나는지 이미 경험하지 않았던가?

"……일단 뭘 하시려는 건지부터 여쭤봐도 될까요?"

"추가로 사령술을 쓰려고."

"네? 뭐, 그 정도쯤이야……."

의아해하며 그녀는 고개를 끄덕였다.

'이제까지도 사령술 잘만 써 놓고 왜 굳이 또 물어보시지?'

다행이란 표정으로 카르나크가 오른손을 더 높이 들었다.

"그렇군."

그리고 곧바로 어둠의 칼날로 소레스의 목을 길게 그었다.

파아앗!

목이 절반 이상 잘려 나가며 피 분수가 쏟아졌다.

어찌나 깊이 잘렸는지 잘린 목이 뒤로 꺾일 지경이었다.

세라티가 기겁하며 소리쳤다.

"뭐, 뭐 하시는 거예요?"

"응? 말했잖아, 이미."

눈썹조차 흔들리지 않은 채, 카르나크가 태연히 말을 이었다.

"추가로 사령술 쓸 게 있어서 그런다고."

"그렇다고 멀쩡한 사람을 갑자기 죽여요?"

"이거, 살아 있으면 쓸모가 별로 없거든. 죽여서 쓸모를 만들어야 사령술을 마저 쓰지."

시체가 된 소레스가 통나무처럼 비스듬히 쓰러진다.

쿵!

바닥 가득 피 웅덩이가 퍼져 나갔다.

"왜? 뭐 잘못됐어? 예전처럼 살아도 된다며?"

"아니, 그게, 저기……."

"어차피 이놈, 킹스 오더에 붙잡혀도 살아남긴 그른 놈이잖아."

"그건 그렇지만……."

확실히 소레스 정도 되면 사형 확정이었다.

사교도의 일원이라는 것만으로도 죄가 무거운데 심지어 사령술사이기까지 하다. 이러나저러나 죽을 놈이다.

"어차피 죽을 목숨이면 다른 사람들을 구하기 위해 쓰는 쪽이 죗값을 치르는 일이 아닐까?"

뻔뻔하기 그지없는 그 태도에 세라티는 내심 한숨을 쉬었다.

'아, 이 인간, 본인의 죗값을 치러야 한다는 인식은 전혀 없구나.'

그래도 굳이 더 타박하진 않았다.

솔직히 죽을죄를 지은 놈이 맞기는 하다. 게다가 그녀가 따진다고 죽은 자가 되살아나는 것도 아니지 않은가?

문득 세라티의 입가에 고소가 떠올랐다.

'아니, 되살아나긴 하나?'

과연, 쓰러진 소레스의 몸이 다시 꿈틀거리기 시작했다.

바닥에 흥건한 핏물이 점차 말라붙어 검붉게 변한다. 붉은 안개가 베인 단면을 향해 빨려 들어간다.

잘린 목이 도로 붙더니 시체가 몸을 일으켰다.

"으어어어……."

"좋아, 제법 양질의 언데드가 되었구만."

되살아난 소레스를 흡족한 눈으로 보며 카르나크가 지시를 내렸다.

"다들 준비해. 슬슬 시작할 때가 됐다."

정밀하게 탐지하지 못할 뿐이지, 카르나크쯤 되면 공간 전체를 맴도는 기운을 대충 파악할 수 있다.

지저 예배당에서 감지되는 사령력의 흐름이 절정을 향해 치닫고 있었다.

"지금부터 움직이면 적절하게 제시간을 맞출 수 있겠지."

예배당 전체에 검은 기류가 맴돈다.

오각형의 제단에 그려진 어둠의 문양들 역시 피처럼 붉은 빛을 은은하게 발한다.

내내 옥좌에 앉아 있던 아크 리치가 몸을 일으켰다.

"드디어 완성되었군."

그리고 음산한 목소리로 명령을 내렸다.

"테스라낙의 아이들아, 그릇을 준비하라."

사령술사 4인이 인질을 가둔 석실로 향했다.

잠시 후 레번이 끌려 나왔다.

'읍! 으으읍!'

발버둥을 쳐 봤지만 소용없었다.

사지가 꽁꽁 묶이고 입에 재갈까지 물려 있어 꼼짝도 할 수 없는 것이다.

사령술사들이 레번을 제단 위에 눕혀 결박했다.

공포에 질린 눈으로 레번이 주위를 두리번거렸다.

'이 미친놈들이 대체 무슨 짓을 하려는 거야?'

사실 짐작이 가지 않는 것은 아니다.

사령술사가 제단처럼 생긴 곳에 사람을 꽁꽁 묶어 올려놓는데 왜 모르겠나?

그냥 짐작하기가 싫을 뿐이지.

그렇게 레번을 제단 위에 올리자 뎀피스의 목소리가 이어졌다.

"다들 정해진 위치로."

휴고트와 8인의 사령술사, 총 9명이 오각형의 제단을 중앙에 두고 둥글게 섰다. 뎀피스 역시 천천히 걸음을 옮겼다.

시꺼먼 로브를 뒤집어쓴 해골이 제단 앞에 우뚝 서서 묶인 레번을 내려다본다.

푸른 안광이 일렁이며 뼈만 남은 손가락이 품에서 뭔가를 꺼낸다.

칠흑의 정육면체였다.

"이제 강림의 의식을 시작하겠다."

9명의 사령술사들이 저마다 주문을 외우기 시작했다.

"칼 라피카 드라트이아……."

"데페트 라스탈리 파하류……."

인간의 언어가 아닌 기이한 음성이 예배당 내부를 음산하게 맴돈다.

뎀피스 역시 허수공간에서 꺼내 든 정육면체를 움켜쥐며 천천히 주문을 외운다.

"공허의 문이 열려 허락되지 않은 운명의 실을 서로 잇는도다……."

느릿한 주문이 계속해 이어진다.

검은 기류가 소용돌이치며 예배당 천장에 거대한 흐름을

만든다.

제단의 문양이 찬란한 핏빛 광휘를 뿜어낸다.

끔찍한 사기와 탁기가 사방을 에워싸고 터질 듯 요동친다.

쿠쿠쿠쿠쿵!

마치 지진이 일어난 것처럼 바닥이 미세하게 흔들리고 있었다.

그 모습에 뎀피스는 만족했다.

의식은 성공이었다. 성공적으로 모든 절차가 물 흐르듯 진행되고 있었다.

그때였다.

덜컹!

갑자기 예배당 문이 벌컥 열렸다.

사령술사들이 놀라 시선을 돌렸다.

'뭐지?'

교인들에겐 무슨 일이 있더라도 예배당 근처로 오지 못하도록 단단히 엄포를 놓았다.

제정신 박힌 이상 감히 이 시점에 들어올 교도들이 있을 리 없었다.

그렇다면 설마 침입자? 도망친 유스틸 킹스 오더일까?

'그럴 리가!'

'그렇게 경계를 철저히 했는데?'

예배당 안으로 들어선 이들은 헐벗은 남녀였다.

좀 더 정확히 말하면, 팬티만 입은 배 나온 중년 사내와, 속옷만 걸친 푸르스름한 피부의 좀비 소녀다.

중년 사내와 좀비 소녀가 손에 손 잡고 발랄하게 예배당 안으로 뛰어든다.

폴짝폴짝 뛰어오는 폼이 꼭 무슨 토끼 같다.

좀 상태가 많이 안 좋은 토끼라 해야겠지만.

휴고트가 멍한 목소리를 흘렸다.

"……소레스?"

다른 사령술사들도 순간 움직임이 멎었다.

적이 쳐들어왔다면 바로 대응했을 것이다. 아군이라 할지라도 수상쩍은 행동을 보였으니 바로 반응했겠지.

그런데 이건 뭐라고 해야 할까?

"어……."

"음……."

"저, 저거……."

분명 뜬금없긴 한데, 난데없지는 않다.

어쩐지 소레스 저 인간이라면 저럴 수도 있을 것 같은 애매한 합리성을 지닌 광경이랄까?

심지어 뎀피스조차도 비슷한 반응이었다.

'에구, 저 인간 결국 미쳤구나. 하긴, 조짐이 안 좋긴 했지.'

그렇게 모두가 멈춘 사이 소레스가 좀비 소녀와 손잡고 제단 앞까지 폴짝폴짝 뛰어왔다.

휴고트가 혀를 차며 그를 제지하려 할 때였다.

"쯧쯧, 소레스 이 친구야, 대체 이게 무슨……."

그때였다.

뒤늦게 소레스의 상태가 휴고트의 눈에 비쳤다.

동태 눈깔처럼 새하얀 동공, 온기가 느껴지지 않는 피부와 호흡하지 않는 코, 입까지.

'주, 죽었어?'

살아 있는 상태가 아니었다. 틀림없이 언데드였다.

'이게 무슨?'

소레스의 전신이 무서운 속도로 부풀어 오르더니 이내 어마어마한 폭발로 이어졌다.

콰아아아아아앙!

카르나크는 지저 예배당 좌측 문틈을 통해 내부를 살피고 있었다.

"예쁘게 터졌구만."

세라티가 어이없다는 듯 물었다.

"이러려고 일부러 죽이신 거예요?"

"응, 시체 폭발을 쓰려면 시체여야 하니까."

카르나크가 딱히 살인을 저지르며 쾌락을 느끼거나 하는 성격은 아니다. 불필요하게 사람을 죽이거나 하진 않는다는 소리다.

그저 필요의 영역이 남들보다 좀 많이 넓을 뿐이지.

"산 채로 자폭시키는 방법도 없는 것은 아닌데……."

그건 위력이 너무 낮아 효율이 극히 떨어진다.

"그리고 나도 웬만하면 사람답게 살려고. 산 채로 폭발시키는 게 더 비인도적인 것 아냐?"

"……그야 그렇겠죠."

애초에 자폭 말고 다른 방법은 떠올리지도 않았다는 점이 제일 비인도적인 것 같지만, 일단은 넘어가는 세라티였다.

하여튼 소레스는 겉보기와 달리 제법 수준이 있는 사령술사였던 모양이다. 시체 폭발의 위력이 상당했는지 제단 주위는 대혼란에 빠져 있었다.

"어, 어떤 놈이냐?"

"사방을 경계해라!"

폭연이 자욱하고 사방에 살점이 튀고 오물이 가득하다. 심지어 헛구역질을 하는 사령술사들도 있다.

"우욱!"

카르나크와 바로스가 혀를 찼다.

"저놈들, 사령술사 주제에 뭔 비위가 저리 약해?"

"사령술사라고 항상 시체에 익숙하란 법은 없죠, 뭐. 솔직히 말하면 저도 발 디디기 싫은데요?"

"실은 나도 그렇긴 해."

더러움에 익숙하다 해서 더러운 걸 좋아하는 건 아니다.

"그래도 어쩌겠냐? 항상 자기 좋을 대로만 살 순 없는걸."

"그 누구보다 자기 좋을 대로만 산 도련님이 하실 말씀은 아니지만요."

"그건 그렇지?"

피식거리며 카르나크가 주문을 외우기 시작했다.

"화염의 왕이여, 계약에 따라 나 그대를 부르노니 내 뜻에 따라 이곳에 강림하라!"

불길이 치솟아 거인의 형상을 이룬다.

불의 갑주를 걸친 거대한 화염 정령이 이글거리는 검을 쥔 채 지저 공간을 밝히며 현세에 나타난다.

"가라, 엘 라그나티아!"

괴성과 함께 화염 거인이 예배당 문을 부수며 안으로 뛰어들었다.

"크아아아아!"

불길을 내뿜는 거인이 어둠을 가르며 뛰어든다.

타오르는 불꽃의 눈동자가 사방을 응시하며 살기를 내뿜는다.

"크아아아!"

틀림없는 화염 정령, 그중에서도 최상위에 속하는 개체였다.

7서클 이상의 마법사만이 저런 강력한 정령을 소환할 수 있다.

"정령술! 역시 킹스 오더였군!"

휴고트의 외침에 다른 사령술사들이 당황한 표정을 지었다.

"그런데 방금은 시체 폭발이었잖습니까?"

"마법사가 어떻게 사령술을 씁니까?"

현시대에 사령술과 마법을 동시에 구사하는 경우는 하나뿐이었다.

바로 검은 신의 교단에 속한 마법사들.

마법사 출신이 테스라낙의 은총을 받을 때만이 사령술과 마법을 동시에 사용할 수 있다.

패닉에 빠진 사령술사 하나가 멍한 목소리를 흘렸다.

"있을 수 없는 일이다. 어찌 검은 신의 기적을 이교도가 사용할 수 있단 말인가?"

달려든 화염 거인이 이글거리는 칼날을 길게 내리쳤다.

폭음과 함께 가공할 불길의 파도가 바닥을 타고 제단을 향해 밀려온다.

콰콰콰콰쾅!

"마, 막아!"

이대로 제단을 잃을 순 없었다.

허겁지겁 사령술사들이 대응에 나섰다.

"감싸는 어둠이여, 네 주인을 지키는 방패가 되어라!"

암흑이 허공에 모여 밀려오는 불길의 파도 앞을 가로막았다.

이내 어둠과 불길이 충돌했다.

그리고, 아무 일도 일어나지 않았다…….

'어?'

'뭐야?'

그 거대한 화염의 정령 거인이 거짓말처럼 사라져 버렸다.

애초에 겉보기만 요란하고 위력은 전무했던 것이다.

뒤늦게 휴고트는 자신의 실수를 알아챘다.

"아차!"

현재 제단 위에는 레번이 묶여 있다.

그런데 동료를 구하러 온 이들이 왜 제단을 공격하겠나? 같이 불태워 죽이려고?

'그럼에도 이런 속임수를 걸었다는 건…….'

휴고트가 고함을 지르며 제단 뒤쪽을 노려보았다.

"뒤다!"

그리고 순간 굳었다.

어느새 붉은 투기검을 쥔 남녀가 사령술사들을 향해 달려들고 있었다.

"안됐지만……."

싸늘하게 뇌까리며 바로스가 양손을 좌우로 펼쳤다.

"눈치채는 게 늦었어."

차르륵!

오러의 사슬이 달린 쌍검이 두 자루 뱀이 되어 허공을 춤춘다.

단숨에 사령술사 2명이 오체분시 되어 허공에 나부낀다.

"크억!"

"으아악!"

반대쪽에선 붉은 머리의 미녀가 섬전 같은 검광을 뻗어 낸다.

"타앗!"

상대가 채 반응하기도 전에 날카로운 참격이 가슴을 베고 목을 그어 갔다.

피를 쏟으며 또 1명의 사령술사가 절명했다.

하지만 세라티는 멈추지 않았다.

'사령술사 상대로는 이렇게 해야 한댔지?'

굳은 얼굴로 시체의 사지를 마저 잘라 버린다.

혹여 상대가 언데드로 다시 일어나더라도 전투력을 유지할 수 없게 하기 위해서다.

그렇게 사령술사 셋을 처리한 뒤 바로스와 세라티는 다시 제단 뒤로 빠졌다.

상대의 진영 너무 깊숙이 들어갔다 포위되는 사태는 피해
야 했다.

현명한 선택이었다.

곧바로 저들이 회피한 자리에 칠흑의 파괴 광선들이 꽂혔
으니까.

콰콰콰쾅!

기껏 날린 공격들이 허무하게 빗나가 예배당 바닥을 박살
냈다. 사령술사들이 이를 갈았다.

"제길!"

"저 빌어먹을 이단자 놈들이!"

순식간에 동료 3명을 잃었다.

정말이지 사람 뒤통수치는 수법에 이골이 난 작자들이었
다.

흥분한 사령술사들이 일제히 권능을 끌어 올린다.

"오라, 버림받은 자들아. 그 혼을 태워 네 적을 쳐라!"

"일어나라, 지옥에 거하는 존재여!"

마법이라면 냉정을 잃을 경우 대부분 실패로 끝나게 되지
만, 사령술은 오히려 감정이 격해질 경우 위력이 더 강해지
기도 한다.

수십의 악령이 일어나 허공을 맴돌고, 지옥의 문이 열려
악마들이 소환되기 시작했다.

"감히 위대한 의식을 망치다니!"

"천벌을 받아라, 이단자 놈들!"

"날 죽인 복수를 해 주마!"

참고로 마지막 외침은, 카르나크 일행이 탈출할 때 한 번 죽고 언데드로 부활한 자의 것이었다.

사령술이 개입되면 저런 말도 안 되는 헛소리도 현실이 되는 것이다.

사령술사들이 기세등등하게 바로스와 세라티를 포위하기 시작했다.

반면 휴고트는 침착하게 주위를 둘러보는 중이었다.

'그놈, 그놈은 어디 있지?'

지금은 저 오러 유저 남녀에게 신경을 쓸 때가 아니다.

진짜 무시무시한 적은 자신들의 사령술을 완전히 지배해 버린 바로 그 검은 머리의 마법사다.

그자가 나타나면 또 그때의 악몽이 반복되리라.

그러니 그 전에 강력한 마법으로 대응할 필요가 있다.

휴고트가 고개를 돌려 제단 건너편을 바라보았다.

"뎀피스 님!"

그리고 당황했다.

아크 리치는 마치 감옥에라도 갇힌 것처럼 꼼짝도 못 하고 있었다.

제단에서 흘러나온 어둠의 장막이 그의 주위를 철벽처럼 두르고 있는 탓이었다.

'……뎀피스 님?'

뎀피스는 경악에 빠져 있었다.

'대체 뭘 어떻게 한 거지, 이건?'

상대의 마법은 정말이지 시기적절하게 그를 노렸다.

'어떻게 이렇게 정확하게 손을 떼지 못하는 시점을 파악했 단 말인가?'

5분. 고작 5분이다.

만약 저들이 5분만 일찍 습격했다면?

그땐 아직 의식이 정점에 오르지 않았으니 잠깐 멈추고 저 들을 상대할 수 있었다.

반대로 5분만 늦게 왔다면?

그땐 남은 의식을 가속화하여 빠르게 끝내는 것이 가능했 을 것이다.

이건 아무리 봐도 이쪽의 약점을 확실하게 알고 저지른 짓 이다.

그래서 더더욱 이해가 가지 않는다.

왜냐고? 뎀피스 본인조차도 이 의식에 이런 약점이 있는 줄 몰랐으니까.

당하고 나서야 이게 약점인 줄 깨달았던 것이다.

'어떻게 나 자신도 모르는 약점을 이렇게 정확하게 찔러 올 수 있단 말인가?'

덕분에 스스로의 권능에 갇혀서 꼼짝도 못 하는 처지가 되어 버렸다.

정말이지 난생처음 보는 방식의 마법이었다.

푸른 불길로 이루어진 아크 리치의 안구가 예배당 저편을 향했다.

검은 머리의 청년이 완드를 쥔 채 빠르게 제단으로 날아들고 있었다.

'저건 대체 뭐 하는 놈이지?'

　　　　　　　　　⊰⊱

바람 주문으로 허공을 가르며 카르나크는 안도의 한숨을 쉬었다.

'아슬아슬하게 타이밍을 맞췄군.'

기껏 엘 라그나티아를 부르긴 했지만 오래 유지할 순 없었다.

곧바로 템피스에게 엘레자르의 마법을 걸어야 하는데, 지금 그의 마력으로 둘을 동시에 할 순 없는 것이다.

어차피 화염 정령은 제단의 의식을 헝클어뜨리며 제 역할을 충분히 했다.

순조롭게 템피스의 손발을 묶었으니 나머지는 잔챙이들 뿐!

"작열의 불꽃!"

수십 개의 화염탄이 호선을 그리며 날아들었다.

사령술사들 주위로 연달아 폭발이 일어났다.

콰콰콰쾅!

그렇게 사방에 화염탄을 날린 뒤 카르나크는 곧바로 제단 위에 착지했다. 그리고 완드를 좌우로 크게 그었다.

"풀려라!"

레번의 사지를 묶은 쇠사슬이 일제히 박살 났다.

그렇게 주박을 푼 뒤 레번을 부축한다.

"어서 일어나, 레번!"

급하다 보니 반말이 터졌다.

원래는 부하였다 보니 자꾸 반말과 경어가 오락가락하는 것이다.

물론 구출당하는 입장에서 반말 좀 들었다고 레번이 뭐라 할 처지는 아니다.

"가, 감사합니다!"

일단 레번 구하고, 그다음에 석실 안쪽의 다른 이들도 마저 구한 다음 곧바로 이탈한다.

그 후에 전력 질주로 비거주 구역으로 도망!

이것이 카르나크가 세운 계획이었다.

'자, 저쪽이 딴 애들 갇혀 있는 석실이렷다?'

막 제단에서 벗어나 다른 동료들에게로 향하려던 차였다.

카르나크를 따르려던 레번의 몸이 일순 멈췄다.

"어?"

쇠사슬은 이미 잘랐지만, 어둠의 기류가 레번의 목과 사지를 여전히 움켜쥐고 있었던 것이다.

'뭐야, 이거? 왜 제단을 벗어났는데 의식이 계속 진행되지?'

당황한 카르나크가 레번 주위의 사령력 흐름을 살폈다. 그리고 이내 이유를 깨달았다.

'잠깐, 이건 제물이 아니라 그릇이잖아?'

의식의 종류가 예상과 달랐다.

사령술에 있어 제물은 '바치는' 행위의 객체다.

반면 그릇은 '담는' 행위의 주체.

그 탓에 의식을 진행하던 뎀피스를 사로잡은 권능이, 같은 의식의 주체인 레번까지 함께 가둬 버렸다!

'젠장, 역시 익숙하지 않은 짓은 하는 게 아니구만.'

사령술이었다면 이런 실수를 하지 않았을 텐데, 과거 엘레자르의 마법을 억지로 따라 하려니 이런 부작용이 생긴 것이다.

하여튼 이대로는 곤란하다.

레번의 주박을 풀려면 뎀피스의 주박도 함께 풀어야 한다.

하지만 그랬다간 9서클의 마스터가 또다시 적이 되어 앞을 가로막겠지.

'어쩌지?'

애써 냉정을 유지하며 카르나크는 예배당을 둘러보았다.

어떻게든 현 상황을 타개할 방법을 찾아야 했다. 그것도 최대한 빠르게.

아쉽게도 뎀피스는 그럴 시간을 줄 생각이 없는 모양이었지만.

뎀피스는 차분히 생각했다.

현재 그는 자신의 권능에 의해 스스로 갇힌 신세가 되었다.

대체 무슨 마법을 썼기에 이런 일이 벌어진 걸까?

'전혀 모르겠군. 짐작도 가질 않아.'

하지만 한 가지는 확실했다.

저 카르나크라는 자가 실수를 저질렀다는 점만큼은.

'무슨 일이 일어난 건지는 모르겠지만……'

뎀피스는 손에 쥔 칠흑의 정육면체에 다시 정신을 집중하기 시작했다.

'이대로 계속 의식을 진행한다!'

엘 라그나티아에 의해 잠시 멈췄던 어둠의 기류가 다시 흐른다.

방대한 사령력이 공허를 통해 흐르며 예배당을 진동시킨다.

쿠쿠쿠쿵!

갑작스러운 상황에 바로스와 세라티가 비밀 전언을 보냈다.

[도련님?]

[뭐 해요, 카르나크 님? 어서 레번 씨부터 빼내셔야죠!]

[자, 잠깐만! 이게 지금…….]

카르나크의 답변은 도중에 끊겼다.

사방을 뒤덮어 가던 죽음의 기운이 어느새 변화한 탓이었다.

어둠이 잠잠해진다.

마치 폭풍 전의 고요처럼.

"나, 시공에 닻을 내려 빛을 가리는 어둠의 등대가 될지니……."

음산한 목소리가 고요를 뚫고 은은하게 울렸다.

"오라! 검 쥔 자들의 제왕, 네크로피아의 무신이여!"

어둠이 뚫리고 공허가 입을 열었다.

동시에 보이지 않는 무엇인가가 제단 위를 내리찍었다.

쿵!

레번이 무릎을 꿇었다. 그리고 머리를 감싸 쥐며 비명을
터트렸다.

"아아악!"

카르나크의 안색이 창백해졌다.

익숙한 광경이었다.

'이건⋯⋯.'

바로 영혼이 육체를 차지하는 빙의 현상이다.

문제는 저 영혼마저도 그에겐 매우 익숙하다는 것.

'⋯⋯레번?'

미래의 무왕, 레번 스트라우스의 영혼이 시공을 뛰어넘어
이 땅에 강림하고 있었다.

"아아아아악!"

각성

'위대한 죽음의 신, 테스라낙 님의 인도에 따라……'

머릿속에서 은은한 목소리가 울린다.

'나, 지금 부름에 응하노라……'

"으아아아악!"

레번은 연신 비명을 터트렸다. 목소리가 그런 그를 계속해 파고들었다.

'포기하라, 과거의 나여. 진실한 자신을 받아들여라.'

고통스러운 와중에도 레번은 어이없어했다. 참 개소리 한 번 고풍스럽게 하고 앉았다 싶었다.

'뭔 말투가 저따위야?'

그런데 생각해 보니 익숙한 느낌이긴 했다.

정확히는 자신이 아버지, 갤러드 앞에서 가식 떨 때의 말투다.

'저게 정말 나라고?'

머리를 감싸 쥔 채 레번은 혼란에 빠졌다.

'어떻게 이런 일이 있을 수 있지?'

사령술 따위 전혀 모르는 그였지만, 그럼에도 본능적으로 깨달은 부분이 있다.

저 영혼은 자신이었다.

자신의 영혼이 자신의 육체를 빼앗으려는 모순이 벌어지고 있는 것이다.

'웃기지 마!'

상대가 본인인지 타인인지는 현재 중요한 사항이 아니다.

지금 중요한 진실은 하나뿐이다.

이대로 육체를 빼앗기면 레번이라 느끼는 자아가 사라져 버린다!

'어디서 굴러먹다 온 건지 모를 잡귀 따위에게 내 몸을 내줄 것 같아?'

'잡귀가 아니다. 내가 곧 너 자신이다.'

'그래도 어디서 굴러먹다 온 건지 모르는 건 맞잖아!'

'……그건 그렇군.'

침식이 살짝 약해졌다.

그래서 레번은 한 번 더 당황했다.

'지, 진짜 난가, 이거?'

한마디 했다고 급격히 소심해져서 신경부터 쓰는 모습이, 딱 레번 자신의 성격이었다.

어쨌든 덕분에 조금 더 버틸 만해졌다.

레번이 이를 악물었다.

'크으으윽!'

제단이 격렬한 어둠을 발하고 문양이 핏빛 광채를 토한다.

그 속에서 레번이 한없이 비명을 지르고 또 지른다.

"아아아아악!"

누가 봐도 심상찮은 상황이었다.

세라티가 다급히 전언으로 물었다.

[이게 무슨 일이에요, 카르나크 님?]

카르나크가 간략하게 대꾸했다. 너무 간략해서 문제였지만.

[레번 몸에 레번 영혼이 들어가려 하고 있어!]

그럼에도 그녀는 용케 알아들었다.

[맙소사!]

이미 라피셀이란 전례를 한번 본 덕분이었다.

[또 미래의 무왕이 나타난다는 소리예요?]

[그, 그렇지?]

[막아요!]

물론 막아야 한다. 카르나크도 막고 싶다.

[어떻게?]

[아니, 사령왕씩이나 해 먹던 양반이 그것도 못해요?]

신경질적인 세라티의 외침에 카르나크도 정신이 번쩍 들었다.

그렇다. 자신은 사령왕이었다.

[지금이라도 레번을 죽여야겠군!]

참으로 '사령왕'다운 방법이었다.

기겁한 세라티가 고함을 질렀다.

[뭔 헛소리예요? 레번 씨를 왜 죽여요!]

[육체가 망가지면 영혼이 돌아올 곳도 없을 테니까!]

참으로 당당한 대꾸였다.

어이없어진 그녀가 욕설을 퍼부었다.

[아오, 진짜 또라이인가, 저 새끼 저거?]

다급한 와중에도 바로스는 잠시 한가한 생각을 했다.

'세라티 경, 이젠 더 이상 돌려 말하지도 않는구만.'

어쨌든 그녀의 욕설은 효과가 있었다.

하도 직설적으로 쌍욕을 내리꽂으니 카르나크도 놀라 머뭇거린 것이다.

[세라티, 너 지금 감히 뭐라고…….]

[지금 느긋하게 저 혼낼 상황이에요? 빨리 어떻게 좀 해 봐요! 레번 씨 죽이는 것만 빼고!]

열 받게도 그녀의 말이 전적으로 옳았다.

그래서 더 열 받지만.

'두고 보자, 세라티 너…….'

카르나크는 애써 냉정을 유지하며 레번을 바라보았다.

'생각해 보자. 이런 경우가 또 있었던가?'

있다. 바로 카르나크와 바로스 자신들이 이 시대로 회귀했을 때.

그때를 떠올리니 문득 이상한 점이 눈에 띈다.

'잠깐, 이거 원래는 버틸 수 있는 거였나?'

두 사람이 시공 회귀할 땐 순식간에 끝난 일이었다. 저렇게 밀고 당기고 하지도 않았다.

그땐 그냥 당연한 일이라 여겼다.

자신의 몸에 자신의 영혼이 깃들이는 행위라 여겼으니까.

하지만 이 시대의 레번은 미래의 레번이 깃들이는 것을 막고 있다.

머리를 움켜쥔 채 고통스러워하고 있지만, 아직까진 이 시대의 레번이었다. 미래의 무왕으로 탈바꿈하지 않았다.

어째서 저게 가능할까?

'이 시기 레번의 영혼이 그만큼 강인해서겠지.'

그렇다면 자신들은 왜 그렇게 한 방에 몸을 내준 걸까?

'그야 이 시절 우리가 좀 쓰레기이기는 했지?'

이 말은 곧, 이 시대의 영혼과 미래의 영혼이 별개의 존재라는 소리가 된다. 그래야 융합이 아닌 거부가 가능하다.

'즉, 우리도 사실은 이 시대의 자신들을 죽이고 이 몸을 대신 차지한 셈인가? 이걸 타살이라 할지 자살이라 할지 모르겠군.'

하여튼 이 전제대로라면 결론은 이렇게 나온다.

'이게 실은 빙의랑 다를 게 없다는 소리지. 영육의 궁합이 100%에 가까운, 굉장히 강력한 빙의.'

생각은 길었지만 실제 흐른 시간은 찰나에 불과했다.

그의 입가에 회심의 미소가 떠올랐다.

'빙의 의식이라면 막을 수 있다!'

카르나크가 레번에게 손을 내밀었다.

"레번! 내 손을 잡아!"

✳

평범한 악령의 빙의라 해도 버텨 내기 위해서는 실로 강인한 정신력을 필요로 한다.

하물며 지금은 레번 자신의 영혼이 본인의 육체에 깃들이려 하고 있다.

이를 막아 내려면 대체 어느 정도의 정신력이 필요할까?

비유하자면, 물 한 모금 마시지 못한 채 사막을 1주일쯤 헤맨 이가 달고 시원한 샘물을 입에 머금었다가 삼키지 않고 다시 뱉을 수 있을 정도여야 가능할 것이다.

사실상 인간의 정신력으로는 막아 내기 불가능한 수준.

제아무리 레번이라도 슬슬 무너지기 직전이었다.

"으으, 으으으……."

그렇게 당장이라도 정신을 잃으려는 그의 귀에 외침이 들렸다.

"레번! 내 손을 잡아!"

뭔지 모르겠지만 일단 손을 내밀었다.

검은 기류가 손목을 타고 올라 그의 전신을 휘감았다.

'아…….'

조금 편해졌다.

하지만 동시에 공포도 밀려왔다.

'이, 이 기운은!'

어둠의 권능, 사령력이었다.

카르나크로부터 사악한 기운이 흘러나와 그의 영체를 지키고 있었다.

"카르나크 공, 당신……."

경악한 레번이 눈을 크게 떴다.

"사령술사였단 말입니까?"

"그래, 나 사령술사다! 자세한 건 나중에 설명해 줄 테니

지금은 네 목숨부터 구하고 보자고!"

대충 대꾸하며 카르나크는 계속 사기를 조작해 미래의 레번의 침입을 막아 냈다.

하지만 이건 어디까지나 임시방편일 뿐이다. 오래 버틸 순 없었다.

"레번, 지금의 널 구할 방법은 하나뿐이다."

잠깐 시간을 번 틈에 카르나크가 재빨리 말을 이었다.

"내 권속이 되어라!"

"뭐, 뭐라고?"

"그리하면 내가 네 영혼을 조율할 수 있다! 저 악령으로부터 널 지킬 수 있단 말이다!"

미래의 무왕에 대해 왈가왈부할 만큼 여유로운 상황은 아니다. 그래서 카르나크는 상대를 대충 악령으로 퉁쳤다.

어차피 레번 입장에선 별 차이도 없었고.

어쨌든 레번으로선 결코 받아들일 수 없는 제안이었다.

그가 기겁하며 반발했다.

"무, 무슨 헛소리요? 킹스 오더인 내가 사령술사와 계약을 하라고?"

"나도 킹스 오더야! 나라고 뭐 좋아서 이러는 줄 알아? 이것 말곤 널 구할 방법이 없어서 이러지!"

이건 진심이었다.

카르나크도 굳이 레번을 권속으로 삼고 싶은 마음 따윈 없었다.

'바로스를 다시 권속에 넣어 주려고 기껏 고생해서 자리 만들었는데 엉뚱한 놈이 들어앉게 생겼네, 젠장!'

레번 역시 카르나크가 내켜 하지 않는다는 걸 깨달았다. 그럼에도 자신 때문에 억지로 권하고 있다는 것 역시.

"그, 그렇지만······."

점점 카르나크의 표정이 일그러진다.

"빨리 결정해! 나도 얼마 못 버텨!"

다급한 목소리가 레번을 재촉한다.

"이대로라면 네 영혼은 소멸한다! 그 육체는 저 악령이 차지하게 되고! 그럼 네가 우리의 적이 된단 말이다!"

레번은 이를 악물었다.

확실히 그에겐 선택지가 없었다.

"젠장!"

욕설을 내뱉은 뒤 그가 눈을 감았다.

"당신의 권속이 되겠소!"

"그렇다면 정신을 열고 계약을 받아들여라!"

순간 두 사람을 중심으로 방대한 어둠이 터져 나왔다.

레번은 혼란스러운 표정이었다.

"아……."

세라티 때와 달리 고통스러워하는 기색은 없었다.

그녀의 고통은 팔을 재생하는 부작용이었지, 권속 의식의 결과는 아니었으니까.

"이건 대체……."

보이지 않는 두 존재가 머릿속에서 싸우고 있었다.

미래의 레번과, 권속을 장악한 카르나크의 의식이었다.

'네 이놈! 이까짓 잡술로 이 몸의 강림을 막을 수 있을 것 같으냐?'

'이게 잡술로 보이면 네 수준도 잡스럽단 소리야.'

'감히 이 몸을 우롱하는 것이냐?'

'그 말투가 참 반갑기는 한데, 그래도 지금은 우리가 사이 좋을 처지는 아니지?'

미래 레번의 영향력이 점점 사라진다. 반면 이미 주도권을 잡은 카르나크는 느긋하다.

미래의 무왕이 고함을 터트렸다.

'누구냐? 대체 네놈은 누구냐!'

카르나크가 고개를 저었다.

'그래, 너도 날 모르는구나.'

마음 같아선 저 영혼을 포박해 심문하고 싶다. 하지만 지금은 그럴 능력까진 없다.

'일단은 레번의 몸에서 완전히 몰아내는 걸로 만족할 수밖

에.'

권속의 영혼을 조율하며 카르나크가 마지막 언령을 발했다.

"떠나라, 이 시대에 속하지 않은 영혼이여."

아아아아…….

음침한 신음과 함께 무왕의 영혼이 다시 공허 저편으로 사라졌다.

뎀피스며 다른 사령술사들은 모든 상황을 그저 지켜만 보고 있었다.

어쩔 수 없었다.

뎀피스는 강림 의식에 동원된 방대한 어둠의 권능이, 오히려 그를 옥죄는 사슬이 되어 제단에 묶어 놓고 있다.

휴고트와 다른 사령술사들은 바로스, 세라티와 대치 중이라 등 돌리는 순간 역습을 당할 처지다.

덕분에 양쪽 모두 무왕의 영혼이 돌아가는 걸 두 눈 뜨고 빤히 지켜보기만 할 수밖에 없었다.

뎀피스가 내심 투덜거렸다.

'일이 꼬이려니 이렇게도 되는군.'

카르나크가 권속 의식을 행할 때만 해도 별걱정 하지 않았다.

자신의 영혼도 아닌 타인의 영혼을 조작해서 미래의 무왕을 막는다고?

그게 가능할 리가 없는 것이다.

저게 가능하려면 실로 어마어마하게 정밀한 사령술 조율이 필요하다.

비유하자면, 다트를 백 번 이상 던져서 한 번도 중심에서 빗나가지 않을 정도의 정밀함이랄까?

사령력 자체야 얼마 필요치 않지만 운용 면에서 극악의 난이도인 것이다.

뎀피스가 아는 한 저게 가능한 존재는 단 하나뿐이었다.

위대한 죽음의 신, 사령왕 테스라낙.

그런데 저 검은 머리 청년이 같은 것을 해냈다.

그것도 그리 어려워하지도 않고.

'어디서 저런 괴물이 튀어나온 건지 모르겠군.'

덕분에 의식은 실패로 돌아갔다.

기껏 그동안 고생한 것들도 전부 무용지물이 되었다.

아쉬워하며 아크 리치가 뼈로 된 손가락을 털었다.

그를 얽매고 있던 어둠의 기류가 가루가 되어 사방으로 흩어지기 시작했다.

의식이 실패했다는 건 의식이 끝났다는 의미.

그리고 이는 곧, 뎀피스 역시 자유로운 몸이 되었다는 소리다.

"어쩔 수 없지."

레번을 노려보며 그는 천천히 걸음을 옮겼다.

분명 오늘은 실패했다.

하지만 그것이 강림 의식 자체의 실패를 의미하진 않는다.

이 자리에서 카르나크를 죽이고, 레번을 권속의 계약에서
푼 다음, 다시 미래의 영혼을 불러오면 되는 것이다.

"좋은 날을 잡아 다시 자리를 마련해 드릴 수밖에."

아크 리치의 전신에서 사기가 흘러나와 예배당 전체를 물
들이기 시작했다.

카르나크 일행의 안색이 딱딱하게 굳어 갔다.

"이런……."

욕설을 흘리며 바로스가 검을 고쳐 쥐었다.

"산 넘어 산이네, 젠장……."

레번을 구한 건 좋은데, 9서클의 마스터가 제약에서 풀려
나 버렸다!

일단 급하게 놈들의 의식은 막았다. 레번의 영혼도 지켰
다.

추악한 사령술사의 권속이 된 걸 영혼을 지킨 걸로 봐야
할지에는 이견이 있겠지만, 어쨌든 레번 자신의 자아는 무사
하다.

문제는 그 대가로 뎀피스, 저 괴물에게 자유를 주었다는
것.

석실 저편을 힐끔거리며 세라티가 전언을 보냈다.

[어쩌죠? 아직 다른 사람들을 못 구했는데…….]

식은땀을 흘리며 바로스가 대꾸했다.

[지금 저쪽을 걱정할 때가 아니거든요? 당장 우리가 죽게
생겼어요.]

어둠을 일렁이며 아크 리치가 걸음을 옮긴다. 그때마다 예
배당 바닥을 타고 사기와 탁기가 흐른다.

의식을 방해받았는데도 의외로 크게 분노한 표정은 아니
었다.

카르나크가 의식을 망친 건 사실이지만 이는 그저 임시방
편일 뿐이다.

레번의 육신만 확보하면 다시 강림 의식을 행하는 데 사나
흘의 준비면 족하다.

그러니 지금은 오히려 저들을 확실히 제압하는 게 중요하
다.

카르나크를 노려보며 뎀피스가 차갑게 뇌까렸다.

"같은 실수를 또 저지를 순 없지."

저자의 기량은 절대 평범하지 않다.

9서클의 마스터인 자신조차 모르는 기이한 수법을 지니고
있다. 결코 무시할 수 없는 상대다.

하지만 겸허하게 이 사실을 인정하고 나면, 대책은 그리 어렵지 않은 것이다.

허약한 놈이 기술만 월등히 뛰어나다?

그냥 순수하게 힘으로 짓누르면 된다.

카르나크의 마력이 부실한 것만큼은 변치 않는 사실이니까.

"일단 도주부터 확실히 막는다."

템피스가 황금 지팡이를 들어 바닥을 내리쳤다.

"대지가 솟구쳐 막아서는 자가 될지니, 스톤 월."

쿠쿠쿠쿵!

굉음과 함께 바위가 솟구쳐 예배당의 모든 통로가 막혀 버렸다.

물론 강력한 마법사나 오러 유저는 바위도 부술 수 있으니 이것만으로 도주를 막았다 볼 순 없다.

그래서 위에 한 겹 덧씌운다.

"흘러라, 심연의 어둠이여."

아크 리치의 발치에서 암흑이 흘러나와 석벽을 포함한 예배당 전체를 뒤덮어 갔다.

거대한 어둠의 권능으로 도금하듯 통째로 덧씌워 버린 것이다.

"이러면 어쩔 도리가 없겠지?"

카르나크가 비웃음을 흘렸다.

"엄청나게 비효율적이고 낭비가 심한 방식인데? 단순 무식한 게 자랑인가?"

뎀피스는 태연했다.

"빈자에겐 한 푼의 동전도 아쉽겠지. 하지만 부자에게 한 줌의 금화 정도는 충분히 낭비할 수 있는 금액인 법 아니냐?"

틀린 말은 아니었다.

카르나크도 겉으론 비웃었지만 속으론 감탄하고 있었다.

'잘도 처리해 놓았군.'

어둠의 권능을 얼마나 두껍게 둘러놓았는지, 예배당 석벽 전체가 마치 흑요석처럼 매끈하다.

심지어 이건 사기를 압축한 방식도 아니었다.

사령술은 마나와 달리 압축할 경우 오히려 위력이 약해지는 법.

그래서 어둠을 천처럼 넓게 얇게 늘린 뒤 몇십 번에 걸쳐 도배하듯 겹쳐 발랐다.

사령술의 이치에 전혀 어긋남이 없는 방식이었다.

'역시 뎀피스야. 유능하다니까!'

저 유능함 때문에 전생 때 그를 네크로피아의 4대 총독 중 하나로까지 삼았었지.

죽은 자들의 제국은 절대자인 사령왕 카르나크와 2인자인 데스 나이트 로드 바로스를 축으로 3인의 대마법사와 3대 무왕이 그를 보좌하는 형태였다.

그 밑에 네크로피아의 4대 총독이 위치하고, 각 지역의 13사령관과 72군장으로 이루어진 체계였으니, 템피스 정도면 대마법사와 무왕 바로 다음의 위치다.

'문제는 그 유능함이 지금은 내 목을 조르게 생겼다는 건데……'

그렇게 카르나크 일행을 가둔 뒤 템피스가 다시 한번 황금 지팡이를 들어 올렸다.

"이대로 그대들을 처리해도 되겠지만."

지팡이로부터 칠흑의 기류가 흘러나와 휴고트와 다른 사령술사들에게 흐른다.

"네 녀석, 특이한 마법을 사용한다고 하더구나?"

카르나크가 상대의 사령술을 역이용할 수 있다는 건 이미 부하들을 통해 들었다.

얼핏 엘레자르의 마법처럼 보이지만 사실은 다르다.

엘레자르의 수법은 마법과 사령술을 동시에 구사하게 해 주는 것이지, 카르나크처럼 상대의 사령술을 역으로 지배하진 못한다.

즉, 어떻게 하는 것인지는 여전히 모르겠다.

하지만 효과가 무엇인지는 파악했다.

"정체를 알면 대책은 마련할 수 있지."

어둠을 조율하며 템피스가 언령을 토했다.

"일어나라, 테스라낙의 아이들이여……."

앞선 전투에서처럼 휴고트의 전신이 괴물로 변화했다.

온몸이 거대화되고 근육이 부풀어 오르고 등과 팔뚝에 촉수와 가시가 돋는다.

"우오오오!"

다른 사령술사들 역시 마찬가지였다.

이미 절반은 시체마저 박살 났지만, 남은 이들은 괴물로 재탄생한다.

"크아아아!"

다섯 괴물을 거느린 뎀피스가 조롱을 던졌다.

"이들도 지배할 수 있겠느냐?"

"……."

카르나크는 아무 대답도 하지 않았다.

하지만 딱딱해진 표정만으로도 대답한 것이나 마찬가지였다.

"그럴 줄 알았다."

뎀피스가 명령을 내렸다.

"저들을 사로잡아라."

휴고트가 한 번 더 명령을 확인했다.

"생포하란 말씀이십니까?"

예전의 뎀피스는 분명 레번 외엔 별 관심이 없었다. 하나 지금은 다른 것이다.

"기이한 능력을 지닌 자다."

카르나크를 노려보는 푸른 불길의 눈동자가 이채를 띠었다.

"이유를 확인해야 한다."

⚒

괴물로 변한 사령술사들이 일행을 좌우로 포위해 온다.

놈들을 노려보며 바로스가 전언을 보냈다.

[어떻게 됐습니까, 도련님?]

카르나크가 심각한 표정으로 답했다.

[실패다.]

뎀피스가 도주로를 막고 부하들을 괴물로 탈바꿈시키는 동안 카르나크라고 가만있지는 않았다.

겉으로는 지켜보고만 있던 것 같지만 물밑으로는 치열한 술식 전투 중이었던 것이다.

[계속 훼방을 놓았는데, 파고들 틈이 없었어. 그래도 어제보단 상황이 나은 것 같지만.]

검을 겨누며 세라티가 중얼거렸다.

[그러게요. 적어도 죽이려 하진 않을 테니…….]

바로스가 고개를 저었다.

[그건 아닐걸요.]

그 순간 사령술사들의 등에서 커다란 가시들이 돋아났다.

수십 개의 가시가 동시에 발사되어 두 사람을 노리고 날아든다!

파바바밧!

"우왓!"

놀란 세라티가 허겁지겁 피했다.

그녀가 서 있던 자리에 가시들이 박혀 굉음을 터트렸다.

콰콰콰쾅!

"뭐야, 생포한다며?"

하나하나가 어지간한 쇠 말뚝 크기였다. 1개만 관통해도 치명상이었다.

날아드는 가시 쐐기를 투기검으로 쳐 내며 바로스가 쓴웃음을 지었다.

"원래 이쪽 업계는 용어 해석을 독특하게 한다니까요."

사령술사에게 생포란 '영혼이 육체에 머무르고 있는 상태로 포획하는 행위'를 뜻한다.

즉, 숨통이 끊어지고 육체가 훼손되어도 아직 시체가 따뜻하기만 하면 사로잡은 걸로 친다.

세라티가 이를 갈았다.

"아오, 사령술 진짜 싫어."

반대편에선 카르나크가 마법을 펼치고 있었다.

"주인을 지키는 방패가 되리니, 마나 실드!"

붉은 방패가 그는 물론이고 레번까지 감싼다.

덕분에 두 사람에게 날아든 가시 쐐기들이 모조리 튕겨 나갔다.

마법의 방패를 거두며 카르나크가 안도의 한숨을 내쉬었다.

"휴우, 아슬아슬했네."

이번에는 운 좋게 레번까지 지킬 수 있었다.

하지만 적을 앞에 두고 이런 여유를 계속 부릴 수는 없다.

"레번! 재주껏 살아남아!"

"그런 말 할 거면 칼이라도 한 자루 주고 이야기해요!"

안 그래도 아까부터 무기 될 걸 찾고 있던 레번이었다.

그런데 적들이 죄다 사령술사다 보니 장검 하나 쥔 놈이 없었던 것이다.

있는 거라곤 부러진 지팡이 정도가 전부다.

카르나크가 품에서 뭔가를 꺼내 던졌다.

"여기!"

받아 든 레번이 미간을 찌푸렸다.

"단검이잖아요?"

저 거대한 괴물들을 상대로 이런 짧은 검을 휘두르란 말인가?

"마법사인 내가 장검 들고 다니겠냐?"

단검이야 여행자의 필수품이니 직종 상관없이 다들 들고

각성 267

다니지만.

"그럼 하다못해 단검이라도 한 자루 더 줘요!"

"제 거 쓰세요!"

세라티가 추가로 보조용 단검을 던져 주었다.

둘을 쌍수로 쥐니 레번도 그럭저럭 전투태세가 갖춰졌다.

'으, 이거라도 없는 것보단 낫겠지.'

단검을 던져 준 뒤 세라티가 다시 몸을 날렸다.

"타앗!"

기합을 토하며 붉은 투기검을 내려친다.

찬란한 적색 오러가 괴물을 베어 간다.

상대도 그냥 당하지만은 않는다. 곧바로 뼈로 된 칼날을 뽑아내며 양팔을 휘둘러 온다.

투기검과 뼈로 된 칼날이 연신 충돌하며 치열한 공방이 이어졌다.

쾅! 콰쾅! 쾅!

바로스는 동시에 세 마리를 상대하며 전황을 주도하고 있었다.

오러의 사슬을 사방으로 풀어 헤치며 예배당 곳곳을 누빈다. 그렇게 상대를 어지럽게 만들어 빈틈을 유도한다.

그리고, 생긴 허점은 절대 놓치지 않는다.

"헙!"

짧은 기합과 함께 바로스의 투기검이 괴물의 어깨를 깊숙이 베어 냈다.

피를 뿌리며 물러난 괴물이 상처를 감쌌다.

"흥! 이 정도쯤이야 재생하면 그만……."

"안 될걸."

괴물의 상처가 재생되다 멈췄다.

"재생력 대처법이야 세간의 상식 아니겠냐?"

굳이 사령술이 아니더라도, 재생력을 지닌 마물은 워낙 흔한 것이다. 그러니 일류 전사라면 누구나 대응책 정도는 알고 있다.

가장 편한 건 역시 불로 지지거나 얼려 버리는 것.

오러나 신성력 등의 기운을 상처에 남기는 것도 효과적이다.

재생되던 상처가 바로스의 투기에 막혀 도로 벌어졌다.

자고로 상처는 아물다가 도로 벌어질 때 제일 아픈 법이다.

"크아아악!"

괴물이 고통으로 울부짖었다.

그 틈을 노려 바로스가 투기검을 내리쳤다.

붉은 오러가 놈의 정수리를 직격하려 할 때였다.

"라이트닝 스피어."

음산한 울림과 함께 전격의 창이 바로스를 노리고 날아들었다.

수하의 위기를 본 뎀피스가 바로 손을 쓴 것이다.

'헉!'

이대로 직격당하면 잘 구워진 통구이가 될 판이었다.

재빨리 허공에서 반전하며 바로스는 검의 방향을 바꿨다.

'제발 좀 막혀라!'

붉은 검광이 전격의 창을 부수며 사방에 불꽃을 퍼트렸다.

굉음이 터졌다.

콰아앙!

뒤로 물러서며 바로스가 묘한 표정을 지었다.

'어라, 이번엔 좀 할 만한데?'

생각보다 마법의 위력이 낮았다. 어제의 뎀피스에 비하면 확실히 약해졌다.

[말했잖아? 어제보단 상황이 나을 거라고.]

그럴 줄 알았다며 카르나크가 말을 이었다.

[저놈도 지금은 힘 많이 썼거든.]

강림 의식 치르느라 마력 펑펑 쓰고, 자신의 마력에 묶여서 버둥대느라 또 펑펑 쓴 뒤에 겨우 풀려난 상태다.

본인이 본인과 싸우느라 지친 상태인 것이다.

"그렇군요! 지금이라면⋯⋯."

신난 바로스가 뎀피스에게 달려들었다.

차르르륵!

오러의 사슬이 풀리며 두 줄기 사슬검이 좌우로 뱀처럼 날아든다!

"흥!"

코도 없는 주제에 콧방귀를 뀌며 뎀피스가 지팡이를 내리쳤다.

우우우웅!

어둠이 솟구쳐 거대한 소용돌이로 화한다.

검은 회오리가 사슬검을 모조리 튕겨 내며 바로스까지 덮쳐 갔다.

"커억!"

휘말린 바로스가 허공으로 날려 갔다.

어찌나 위력이 강했던지 예배당 천장, 벽, 기둥, 바닥에 연달아 충돌하며 통통 튕긴다.

간신히 자세를 잡아 착지하며, 바로스가 억울한 듯 뇌까렸다.

[여, 여전히 센데요?]

[아니, 어제보다 나아졌다는 거지 딱히 우리가 유리해졌다는 소리는 아니었는데…….]

[그런 건 좀 일찍 말해 주셔야죠!]

[너야말로 사람 말을 끝까지 듣지 그랬냐?]

티격태격하는 둘을 향해 아크 리치가 황금 지팡이를 겨눈다.

"불어라, 설원의 죽음이여. 블리자드 스톰."

순백의 세계가 예배당 전체에 펼쳐졌다.

단순한 눈보라가 아니었다. 범위 내의 모든 것을 얼리는 마법의 돌풍이었다.

이대로라면 육체만이 아니라 마력이나 오러 같은 무형의 기운마저도 서서히 얼어붙어 버린다!

'으, 약해져도 여전히 괴물은 괴물이구만.'

그저 손도 발도 못 쓸 상황에서, 발버둥 정도는 칠 수 있는 상황이 된 것뿐.

"그러므로 발버둥을 치겠다!"

카르나크가 완드를 움켜쥐었다.

"나 말고 얘가!"

그리고 허공을 연달아 점하며 주문을 영창한다.

"화염의 왕이여, 계약에 따라 그대를 부르노니……."

불길이 눈보라를 밀어내며 거인의 형상으로 화했다.

"가라, 엘 라그나티아!"

용암 갑옷을 걸친 화염의 거인이 불의 검을 들고 우뚝 선다. 거인을 중심으로 강렬한 열기가 뻗어 나와 눈보라를 모조리 몰아낸다.

자신의 블리자드 스톰이 무효화되는 걸 보며 뎀피스는 내심 신기해했다.

'저거, 진짜로 소환할 수 있는 거였나?'

카르나크가 엘 라그나티아를 구사한 건 이번이 처음이 아니다. 강림 의식을 기습할 때 상황을 흔들기 위해 한 번 소환했던 적이 있다.

하지만 바로 귀환시켰기에 제대로 위력을 보여 주진 않았다.

그래서 템피스는 일종의 환영이라 판단했다.

카르나크가 실제로 화염 정령을 소환한 건 아니라 생각했던 것이다.

'저 인간이 정령술을? 그게 가능할 리가 없잖아!'

그 누구보다 올곧고 순수한 자만이 정령 친화력을 지닐 수 있다. 그리고 저놈은 절대 그런 인간이 아니다.

'……문제는 내가 왜 이런 느낌을 받느냐는 건데.'

하지만 템피스는 이내 착각으로 치부해 버렸다.

생각해 보면 애초에 맞지도 않는 감각이었다.

느낌대로라면, 저 검은 머리 청년은 절대 목숨까지 걸어가며 동료를 구하러 올 성격이 아니다. 그런데 왔잖아?

그렇다면 사실은 굉장히 순수하고 선량한 인간인 걸까? 그래서 정령술도 강력하게 구사할 수 있는 걸까?

'그럴 리가 없지만, 그렇게 판단할 근거도 실은 없고.'

감각에서 자꾸 오류가 발동한다.

마치, 수염이 덥수룩한 인간을 앞에 두고 억지로 여자라고 인식해야 하는 기분이다.

'아니, 지금은 저놈부터 붙잡는 게 우선이다.'

애써 뎀피스는 상념을 지웠다.

전투에 임해 이렇듯 집중이 풀리는 것은 좋은 태도가 아니다.

황금 지팡이를 내려치며 그가 마법 영창을 시작했다.

"솟구쳐라, 얼음의 벽이여. 아이스 월."

주문 내용 그대로 얼음으로 된 벽이 솟구쳤다.

굉장히 직관적인 마법이면서 동시에 현 상황에선 살짝 뜬금없는 마법이기도 했다.

하지만 카르나크는 바로 알아챘다.

'그건가?'

역시나, 뎀피스가 곧바로 다음 마법을 이었다.

"일어나라, 나의 수호자들아."

얼음 장벽이 무너지며 그 파편들이 허공에서 뭉쳤다. 그리고 거대한 눈의 거인으로 화했다.

아이스 골렘이었다.

애초에 얼음 장벽은 골렘을 만들기 위한 재료 조달 목적이었던 것이다.

화염 거인과 얼음 거인이 예배당 중앙에서 거칠게 격돌했다.

콰아아앙!

수증기가 뿜어져 나오며 사방으로 폭풍이 불었다.

"우오오오!"

괴성을 터트리며 엘 라그나티아가 연신 불의 참격을 날린다.

"크아아!"

포효로 맞서며 아이스 골렘도 얼음 몽둥이를 휘둘러 맞받아친다.

무자비한 공방이 계속 이어졌다.

불꽃과 수증기가 연달아 퍼졌다.

쾅! 콰콰쾅!

두 소환체의 위력은 박빙이었다.

카르나크와 뎀피스의 기량을 생각하면 좀 억울한 감이 있겠지만, 어쩔 수 없었다.

애초에 정령과 골렘의 위력엔 그만큼의 격차가 존재하는 것이다.

그럼에도 뎀피스가 일부러 골렘을 부른 이유가 있었다.

일단 망령이나 지옥의 악마를 부르는 사령 소환술은 쓸 수 없다. 지배권을 빼앗길 가능성이 너무 높다.

카르나크의 마법, 사법의 대속자는 그가 보기에도 엄청난 위력을 지니고 있어 감히 경거망동할 수 없는 것이다.

그렇다고 마법을 써서 환수나 정령을 부를 수도 없었다.

소환 마법을 몰라서는 아니다.

무려 9서클의 마스터인데? 마음만 먹으면 온갖 강력한 환수와 정령을 대거 소환할 수 있다.

부른 놈들이 말을 안 들어서 그렇지.

환수와 정령은 강력하지만, 소환에 성공해도 아군이 된다는 보장이 없다. 소환자가 악한 자라면 오히려 역으로 공격받는 경우도 흔하다.

그래서 마법사들은 소환체가 필요할 경우에도 골렘이나 꼭두각시 인형을 쓰면 썼지, 정령계와 환수계 마법은 잘 쓰지 않았다.

하물며 부른 놈이 해골바가지다? 바로 눈 돌아가서 뎀피스부터 죽이려 들 게 뻔하다.

'그런데 저놈은 어떻게 정령이 저렇게 말을 잘 듣는 거지?'

엘 라그나티아를 보며 뎀피스는 한 번 더 신기해했다.

화염 거인은 정말 착실하게 카르나크의 명령에 복종하며 전투에 임하고 있었다.

일단 카르나크가 올곧고 순수한 게 아니란 건 확실했다.

왜냐고?

지금도 저딴 거 쓰고 있거든.

"정처 없는 망령이여, 한 줄기 화살이 되어 내 적을 쳐라!"

화염 거인의 등 뒤에서 사령술을 발동한다.

주위에서 검은 망령들이 솟구쳐 화살로 변해 뎀피스에게

쏟아진다.

"나 원 참."

어이없어하며 뎀피스는 어둠의 장막을 펼쳐 화살을 막아
냈다.

그리고 카르나크와 화염 정령을 번갈아 바라보았다.

'저렇게 대놓고 사령술을 쓰고 있는데 왜 정령이 그냥 못
본 척하고 있는 거야? 대체 무슨 수법인 거냐, 저건?'

상식 밖의 상황은 비단 정령술뿐만이 아니다.

얼음과 불의 싸움 뒤에서 카르나크와 뎀피스도 계속 마법
을 주고받고 있었다.

"지옥의 불길이여, 이 땅에 강림하라!"

"섬광이여, 만물을 꿰뚫을 빛이 되어라."

전자가 카르나크, 후자가 뎀피스의 마법이다.

사교도를 사냥해야 할 킹스 오더의 마법사는 사령술을 펑
펑 써 대고, 해골 모습을 한 아크 리치는 순수한 마법으로 맞
서는 것이다.

뭔가 잘못되어도 단단히 잘못된 것 같은 광경이었다.

한참을 싸우며 뎀피스는 고민했다.

'이거 생각보다 까다롭군.'

보다 강력한 마법을 구사할 수 없는 것은 아니다. 하지만
그 경우엔 파괴력이 너무 높다.

자칫 예배당 일부가 무너질 수 있는 것이다.

기껏 도망치지 말라고 장벽 둘러놓고 자기 손으로 도주로 뚫어 주면 그 무슨 바보짓인가?

그래서 단순 무식하게 마력 자체로 짓누르는 방식을 계속 쓰고 있는데…….

"이 정도는 막을 수 있거든."

밀려오는 마력을 노려보며 카르나크가 양손을 교차한다.

사령력과 마나가 좌우로 파고들며 옷감을 짜듯 서로 얽혀 매끄러운 장막으로 화한다.

밀려들던 템피스의 마력이 미끄러져 튕겨 나며 사방으로 비산해 폭발을 일으켰다.

콰콰콰쾅!

솔직히 저쯤 되면 감탄밖에 안 나온다.

템피스가 중얼거렸다.

'마력을 다루는 감각은 나도 감히 못 따라가겠는데.'

정확히는 마법을 잘 다루는 것이 아니다.

마법을 마치 사령술처럼 다루는데, 그 사령술을 신의 경지로까지 다루니까 마법을 다루는 솜씨마저 9서클의 마스터를 능가하는 것이다.

'정말이지, 뭐 이렇게 꼬인 놈이 다 있나 싶을 정도군.'

문득 템피스는 생각했다.

저런 꼬인 놈을, 군이 자신이 정면으로 상대할 필요가 어디 있나?

'인간이여, 치사한 수법은 너만의 전유물이 아님을 보여 주마!'

뎀피스는 계속 마력을 쏟아 내며 은밀하게 수하 사령술사 1명을 골라 명령을 내렸다.

—그대의 희생이 필요하다.

명령을 받은 사령술사의 눈동자가 흔들렸다.

'아, 안 돼!'

소용없었다.

지배당하고 있는 그의 육신이, 내려진 명령을 충실하게 이행해 버렸다.

콰아아아앙!

사령술사가 폭사하며 사방으로 독액을 뿜어냈다.

카르나크처럼 뎀피스도 부하에게 시체 폭발을 걸어 버린 것이다.

심지어 단순 폭발보다 더 지독한 독액 폭발 방식이었다.

스치기만 해도 전신이 녹아내릴 강력한 독이 눈앞 가득 쏟아진다.

놀란 바로스가 허겁지겁 뒤로 물러났다.

"우앗!"

세라티 역시 기겁하며 땅을 굴렀다.

"미친! 뭐야, 이거?"

아슬아슬하게 두 사람이 범위 밖으로 빠져나갔다.

오러 유저답게 인간을 초월한 스피드와 동체 시력이 있어 간신히 가능한 일이었다.

하지만 카르나크는?

독액은 마법으로 막기 어렵다.

마나 실드로 막아 봐야 표면을 타고 마저 흐르게 된다. 어느 정도는 몸에 튈 수밖에 없는 것이다.

'이번엔 못 피하겠지.'

뎀피스의 예상은 또 빗나갔다.

독액 폭발이 일어나자마자 카르나크는 바로 반응했다.

"와라! 델파즈!"

성인 장정보다 조금 작은 시뻘건 악마들이 대거 그의 앞에 나타났다.

지옥의 하급 악마, 델파 무리였다.

찰나의 순간 곧바로 소환술을 펼친 것이다.

역시 보통 솜씨가 아니다.

하지만 감탄할 부분은 따로 있었다.

델파 무리가 소환된 장소는 정확하게, 폭발한 사령술사와 카르나크의 중간.

소환되자마자 델파 무리가 날아든 독액을 모조리 대신 맞아 버렸다!

"크어어억!"

"아파! 아파파!"

델파 무리에겐 실로 얼토당토않은 봉변이었다.

소환된 악마들 절반 이상이 그대로 녹아내리며 비명에 갔다. 동시에 독액의 효과도 전부 소모되었다.

그럭저럭 독이 덜 튄 놈들이 분노의 포효를 터트린다.

"크아아아!"

바로 그 순간 카르나크의 외침이 이어졌다.

"저놈들이다!"

뎀피스와 사령술사 괴물들을 가리키며 눈에서 붉은 빛을 발한다.

"저놈들이 너희에게 독을 뒤집어씌웠다!"

거짓말은 아니었다.

그리고 거짓이 아니기에, 악마들은 그대로 현혹되어 버렸다.

"크아아아아!"

델파 무리가 사령술사들에게 덤벼들기 시작했다.

'와…….'

뎀피스는 진심으로 감탄했다.

'나보다 더한 놈일세.'

사령 소환술은 소환체를 얼마나 잘 조종하느냐로 사령력 소모 효율이 갈라지는 법이다.

악마들이 직접 적의를 지니고 맹목적으로 공격하고 있으니, 카르나크의 사령력은 거의 소모되지 않았다.

게다가 급박한 순간의 반응 역시 참으로 사령술사답다.

눈앞에서 폭발이 일어나는데 실드 마법이 아니라 고기 방패부터 꺼내 들었다. 그것도 거의 조건반사 수준으로.

평소에도 위험할 땐 항상 저런 식으로 몸을 지켰다는 증거다.

타인을 희생시키는 걸 숨 쉬듯 자연스럽게 하는 이만이 저렇게 반응할 수 있는 것이다.

'저건 진짜 우리 쪽인데?'

너무 신기해 뎀피스는 카르나크 일행을 차분히 살폈다.

일단 세라티는 평범했다.

적당히 정의롭고, 적당히 타협도 하고, 적당히 옳은 일을 추구하려 노력하는 인간다운 영혼의 색.

'제물로 쓰기 딱 좋은 수준이군.'

반면 바로스는 달랐다.

영혼이 많이 탁하다. 그렇다고 악인처럼 검지도 않다.

어떤 의미에선 악인보다도 더하다.

악행을 저지르고도 하늘을 우러러 한 점 부끄러움이 없는 영혼이어야 저런 색을 발할 수 있는 것이다.

악마도 탐탁잖아하며 받기 꺼릴 수준이랄까?

일단 제물로서의 가치가 굉장히 낮다는 것은 분명했다.

그리고 카르나크는……

'맙소사!'

뎀피스는 기겁했다.

그만큼 카르나크의 영혼은 놀라웠다.

신기할 정도로 아름다운 묵빛으로 빛나고 있다.

일관된 칠흑 위로 윤기가 흘러 빛이 반사되는 느낌이다.

한없이 검고 또 검어, 너무나 더러워서 오히려 깨끗하게 보일 지경이랄까?

저건 제물로 바쳐지는 쪽이 아니라, 제물을 받는 쪽 영혼의 색이다!

'어떻게 한낱 인간이 저런 영혼을…….'

그제야 뎀피스는 깨달았다.

어째서 이 전투가 이리 길어지고 있는지.

왜 자신이 이렇게 수동적으로 대응만 할 뿐 제대로 카르나크 일행을 처리하지 못하고 있는지.

심지어, 왜 이렇게까지 집중을 못하고 자꾸 딴생각만 하고 있는지까지도.

저 영혼의 색이 그를 저어하게 만든다.

'왜지? 왜 이런 느낌이?'

그는 갈비뼈 위쪽, 사라진 인간의 심장 대신 푸른 영기의 심장이 위치한 곳에 손을 얹었다. 그리고 낮게 신음했다.

"으으음……."

위대한 죽음의 신, 사령왕 테스라낙.

그분이 내린 계약의 낙인이 미세하게 떨리고 있었다.

카르나크가 뎀피스와 마법전을 벌이는 동안, 바로스와 세라티는 괴물이 된 사령술사들을 상대하고 있었다.

휴고트를 포함해 다섯이었던 사령술사 괴물들.

한 놈은 독액 폭발로 희생되고 4명 남았다. 그중 바로스가 둘을 동시에 맡고 세라티는 휴고트와 일대일로 싸우는 중이다.

그럼 나머지 1명은?

레번이 열심히 상대하고 있었다.

"헙!"

기합을 토하며 양손의 단검을 교차해 휘두른다.

사령술사가 등의 촉수를 움직여 공격을 받아 낸다.

탕! 타탕!

단검임에도 불구하고 레번의 검술은 손색이 없었다.

몇 차례나 상대의 방어를 뚫고 몸통에 상처를 입힐 수 있었다.

반면 레번은 멀쩡했다. 상처는 고사하고 터럭 하나 다치지 않았다.

그의 실력이 상대보다 뛰어나서는 아니었다.

'이거 참……'

한차례 공방을 교차하며 레번이 내심 혀를 찼다.

'철저하게 봐주고 있군.'

아까부터 이런 식이었다.

독액 폭발 시에도 그는 무사할 수 있었다.

무슨 절묘한 감각으로 날아든 독액을 전부 피했다는 소리가 아니다.

애초에 독액이 날아들지도 않았다.

처음부터 레번만큼은 피해를 입지 않도록 절묘하게 범위를 조절했던 것이다.

지금도 그렇다.

마치 어른이 아이를 상대하듯 안전하게 발만 묶어 두고 있다. 이쪽은 죽이려 드는데도.

뎀피스 입장에서 레번은 절대 깨져서는 안 될 소중한 그릇이었으니까.

괜히 전투 중 휘말려서 봉변이라도 당하면 큰일인 것이다.

그래서 부하 1명을 따로 할당해 레번만 전담시켰다.

-그대가 죽는 한이 있어도, 결코 그릇에 상처가 나선 안 될 것이다!

사령술사도 그런 뎀피스의 명령을 철저하게 이행하고 있었다.

별로 어려운 조건도 아니었다.

벌써 두 번이나 죽고 부활한 그였다. 걸어야 할 목숨이 워낙 싸구려였으니 부담 없이 몸을 던질 수 있었다.

"크아아아!"

자괴감이 들 법도 하지만 레번은 오히려 웃었다.

'나쁘지 않군.'

그에게 자괴감이란 오랜 소꿉친구와도 같았다. 워낙 잘난 아버지며 형을 둔 덕분이었다.

'덕분에 나도 1인분은 하고 있잖아.'

오러 유저도 아닌 주제에 저 강력한 괴물 한 놈의 발을 묶어 놓고 있다. 이 정도면 제 한몫은 다 하는 셈이지.

심지어 꽤나 여유롭기까지 하다.

상대는 레번을 해할 수 없다. 어디까지나 제압하려는 것이 목적이다.

상처 없이 꽁꽁 묶어 두는 것이 상대 입장에선 가장 좋은 결과이리라.

맥없이 붙잡힐 순 없으니 아예 손 놓고 놀고 있을 수야 없겠지만, 적어도 생사를 결하는 상황은 아닌 것이다.

그래서 이 틈에 열심히 상황을 파악했다.

'생각해 보자.'

일단 눈앞의 문제부터 차분히 정리한다.

어떻게 킹스 오더의 마법사인 카르나크가 사령술을 쓸 수 있는 걸까?

왜 사교도들은 저 잘난 바로스나 세라티 같은 오러 유저를 놔두고 굳이 자신 같은 무명소졸을 선택한 걸까?

이런 의문들은 잠시 미룬다.

어차피 답이 없는 질문이었다.

당장 고민해 봐야 의미가 없었다.

지금은 자신이 뭘 할 수 있을지를 파악해야 할 시간.

'이 틈에 내가 다른 동료들을 구할 수 있을까?'

무리다.

뎀피스는 카르나크 일행의 도주를 차단하기 위해 예배당의 모든 통로를 막았다.

그 통로 중에는 동료들이 간힌 석실 입구도 포함되어 있다.

강력한 물리적인 파괴력이 있어야 막힌 통로를 뚫을 수 있을 텐데, 지금 레번에겐 불가능한 일이다.

하지만 오러를 다루는 바로스나 세라티에겐 가능하겠지.

'그렇다면!'

세라티를 힐끔 본 레번의 입가에 옅은 미소가 떠올랐다.

　　　　　　　　　　　＊

바로스와 세라티는 계속 사령술사들을 상대하고 있었다.

기량 자체는 두 사람이 좀 더 위였다.

실제로 둘은 별 부상이 없는 반면, 휴고트를 비롯한 사령 술사 괴물들은 연신 피를 흘리고 있다.

하지만 놈들이 쓰러지질 않는다. 너덜너덜해진 상태로도 계속 두 사람을 몰아붙인다.

사슬검을 휘두르며 바로스가 혀를 찼다.

"아, 역시 언데드들은 귀찮구만."

이미 죽은 놈들이니 죽음을 두려워하지도 않고, 이미 죽은 몸이니 부상도 큰 의미가 없다.

그나마 투기 침투를 통해 재생력은 늦춰 놨지만, 그래 봤자 사방에 워낙 사령력이 충만하니 망가진 채로도 잘도 움직인다.

세라티도 휴고트를 상대하며 골치 아파하는 중이었다.

"젠장, 진짜 더럽게 안 쓰러지네!"

"이교도의 검 따위가 통할 것 같으냐! 테스라낙께서 이 몸을 가호하신다!"

"충분히 통했거든. 이미 너덜너덜하잖아!"

"이렇게 너덜너덜한 육신조차도 멀쩡히 움직인다! 이것이야말로 테스라낙 님의 은총이 아니고 무엇이겠느냐!"

"그게 자랑이야? 무슨 넝마주이의 신도 아니고!"

어이가 없어 신소리를 날리긴 했지만, 까다로운 건 사실이었다.

지금의 휴고트를 쓰러뜨리려면 확실하게 큰 부상을 입혀

야 한다.

아예 목을 통째로 잘라 버리거나, 몸통을 반 이상 가르거나 하는 식으로.

사지를 자르는 정도의 자잘한(?) 부상은 금방 회복하는 것이다.

문제는 저들도 그걸 안다는 것이고, 그래서 목이랑 몸통만큼은 철저히 지킨다.

작정하고 몸 사리는 적이야말로 얼마나 상대하기 어렵던가?

'이대로는 안 되겠어.'

이미 기존의 계획은 무너졌다.

뎀피스를 묶어 둔 뒤 레번과 동료들만 쏙 빼내서 도주해야 했다.

이렇듯 정면으로 전투를 벌이게 된 시점에서 반쯤 망한 셈이다.

그나마 다행인 건 카르나크가 생각보다 오래 버티고 있다는 점.

그녀는 예배당 저편을 힐끔거렸다.

카르나크는 화염 정령과 사령술을 펼치며 계속 아크 리치와 일대일로 맞붙는 중이었다.

사령술 써도 대책 없다더니 생각보다 잘 싸우는 것이다.

'그냥 엄살이었나?'

사령술사들을 빨리 처리하고 바로스와 세라티도 뎀피스를 함께 몰아붙이면 승리할 가능성이 생길지도 모르겠다.

 '뭔가가 잠깐 저들을 뒤흔들 수 있으면 되겠는데……'

 그때였다.

 열심히 싸우고 있던 레번이 순간 등을 돌리며 세라티 쪽으로 달려온다. 그리고 휴고트의 등을 향해 단검을 연달아 던진다.

 "타앗!"

 순간 세라티가 인상을 썼다.

 '아니, 저거 안 통할 텐데……'

 속이 뻔히 보이는 짓거리였다.

 휴고트의 시선을 잠시 돌려, 그녀가 공격할 수 있는 빈틈을 만들어 주려는 것이다.

 당연히 휴고트도 그걸 알고 있다. 무시하고 그냥 등짝으로 단검을 맞는다.

 푹! 푸욱!

 언데드인 그는 이까짓 단검 따위 맞아 봐야 간지럽지도 않은 것이다.

 '아무리 미래의 무왕이라 해도 지금은 애송이일 뿐이군.'

 그렇게 비웃으며 계속 세라티에게만 정신을 집중하던 때였다.

 갑자기 그의 몸이 크게 흔들렸다.

"억!"

맨손이 된 레번이 곧바로 휴고트의 하체에 발목 태클을 걸어 버린 것이다!

'여기서 갑자기 레슬링을?'

동시에 3미터에 달하는 거구가 바닥에 엎어졌다.

아무리 강력한 언데드라 할지라도 물리법칙에서 자유로울 순 없다.

두 다리로 서 있던 놈이 한쪽 균형이 무너지면 당연히 넘어지지.

그리고 넘어진 휴고트의 머리통은?

예쁘게 세라티의 발밑에 위치하게 되었다.

반짝반짝 빛나는 붉은 투기검이 아주 잘 닿는 거리에.

"아, 아차!"

경악한 휴고트의 머리통이 통째로 잘려 나가는 건 필연이었다.

뎅겅!

간단히 놈의 머리를 베어 내며 세라티는 감탄했다.

'와, 순간적인 임기응변이 대단한데!'

처음부터 태클을 걸었다면 바보가 아닌 이상 휴고트도 피했을 것이다.

그런데 단검을 먼저 던져서 '내 공격 따위는 하찮습니다. 무시하세요.'라는 심리적 트랩을 걸어 놓고 태클을 걸었다.

물론 레번에겐 원래 상대하던 사령술사가 있다.

감히 적에게서 등을 돌리고 이런 짓을 저질렀으니 그 대가는 적지 않다.

휘리리릭!

촉수가 날아와 무방비가 된 레번의 사지를 묶어 버렸다.

하지만 아무 문제 없었다.

눈앞에 상대가 없어진 세라티가 있으니까.

"이제 저 구해 주실 차례입니다!"

"네!"

웃으며 세라티가 투기검을 휘둘렀다.

레번을 붙잡은 사령술사가 순간 당황했다.

'어?'

그의 임무는 레번 제압이었다.

그러니 상대를 풀어 줄 순 없는데…… 눈앞에서 투기검은 날아오고…….

뎅겅!

또 1명의 사령술사 머리가 가차 없이 허공으로 날아올랐다.

순식간에 동료를 둘이나 잃은 사령술사들이 놀라 외친다.

"휴고트 님!"

"미첼 군!"

문제는 이들이 아까부터 간신히 바로스를 상대하고 있었

다는 점.

"지금 네놈들이 저쪽 신경 쓸 때냐?"

한번 무너진 균형이 도미노처럼 연쇄반응을 일으켰다.

바로스의 사슬검이 상대의 허점을 파고든다. 뒤에선 세라티의 투기검도 날아든다.

"크어어억!"

남은 둘마저 박살 난 시체로 변하는 데는 몇 초 걸리지 않았다.

검을 거두며 바로스가 진심 어린 감탄을 보냈다.

"역시 레번 경이군요. 훌륭한 전법입니다."

레번이 머쓱해하며 대꾸했다.

"저도 놀고만 있을 순 없으니까요."

일단 칭찬 같아서 겸양을 떨긴 했는데, 도무지 이해가 안 가는 말이었다.

'역시라니, 꼭 나를 오래 본 사람처럼 이야기하네?'

어쨌든 이걸로 바로스와 세라티가 자유의 몸이 되었다.

레번이 예배당 한편을 가리키며 빠르게 말했다.

"다른 동료분들이 갇혀 있는 곳입니다! 저들부터 구하죠!"

＊

어이가 없어 뎀피스는 헛웃음을 흘렸다.

"허허……."

아까지만 해도 잘들 싸우고 있었다. 그런데 잠깐 눈 돌린 사이에 전멸해 버리다니?

물론 나중에 되살리면 될 일이긴 했다.

쟤들이 뭐 한두 번 부활하는 것도 아니고, 적당히 시체 기우면 그럭저럭 되살아나긴 할 것이다.

멀쩡하게 되살아나진 않겠지만.

하지만 당장 써먹을 수는 없다. 모든 전력을 잃은 것이다.

그리고 이는 부하들 탓이 아니었다.

저들은 충분히 자기 몫을 했다. 이 시간이 되도록 다른 이들을 잘 상대했다.

'내가 문제군.'

뎀피스가 아직도 카르나크를 처리하지 못한 것이 진짜 문제였다.

분명히 압도적인 기량 차이가 있음에도 불구하고.

'왜지? 왜 이렇게 내 정신이 산만해지는 것이지?'

마치 사령술의 현혹에 걸린 느낌이었다.

이유를 모르니 해결책도 없었다.

'그렇군. 질문이 틀렸어.'

진짜 중요한 건 왜 지금 이런 느낌을 받느냐가 아니었다.

'왜 처음 저놈을 상대할 땐 이런 느낌을 받지 않았지?'

그때는 상대를 살려 둘 생각이 없었다. 그냥 모조리 죽이고 끝내려 했다.

'그렇군. 그때는 살의가 우선이었다.'

마음을 굳힌다.

모든 호기심을 내려놓고 단 하나의 감정에만 정신을 집중한다.

흔들리던 계약의 낙인이 다시 차분하게 가라앉기 시작했다.

아크 리치가 황금 지팡이를 허공에 겨눴다.

"무너져라!"

방대한 마력의 폭풍이 화염 정령, 엘 라그나티아를 덮쳐 갔다.

이제까지의 마법과는 차원이 다른 위력이었다.

콰콰콰콰쾅!

이미 아이스 골렘을 상대하며 많은 힘을 소모한 화염 정령이었다. 여기서 압도적인 마나의 폭우를 맞아 버리니 도저히 버틸 수가 없었다.

"아아아아!"

단 한 방만으로 화염 정령이 소환 해제되어 사라져 갔다.

'과연, 이것이 정답이었군.'

아크 리치의 황금 지팡이가 이번엔 카르나크에게로 향했다.

"죽어라, 인간이여."

일부러 입 밖으로 소리를 내며 스스로 다짐한다.

"난 그대에게 원하는 것이 없다."

재가 흩날리는 예배당 위를 거대한 살기가 덮어 가기 시작했다.

"육체도 영혼도 남기지 말고 소멸하라."

수십 줄기의 마력 섬광이 눈앞을 가득 메운다.

카르나크는 침착하게 사령술을 펼쳤다. 어둠의 장막이 펼쳐져 섬광을 막아 냈다.

콰콰콰쾅!

폭발이 연달아 터진다. 어둠이 너덜거리며 빠르게 붕괴해 간다.

카르나크의 미간에 식은땀이 흘렀다.

'으, 못 버티겠는데…….'

허겁지겁 바로스가 끼어들었다.

"도련님!"

다급하게 투기검을 뽑아 든다.

하지만 붉은 오러만으론 저 마력 섬광을 베어 갈 수가 없다.

"타아아앗!"

급하게 기합을 토하며 바로스는 남은 힘을 모두 끌어냈다.

그의 투기검이 푸르게 변하며 억지로 섬광을 튕겨 냈다.

그 광경에 템피스가 눈을 빛냈다.

'또 청색의 오러?'

궁금하다. 어떻게 저자는 적색급과 청색급을 오갈 수 있을까?

기이한 점은 그뿐만이 아니었다.

경지는 거의 퍼플이나 실버까지도 바라보는 것 같은데, 오러양은 적색급 중에서도 낮은 편이다.

차라리 저 붉은 머리 여검사가 오러양은 훨씬 높다.

그래서 그런지 오러의 색도 연신 오락가락하고 있었다.

부르르 떨면서 빨개졌다가 퍼래졌다가 하는 것이, 누가 봐도 고장 난 것 같은 모습이었다.

'아니, 그 전에 오러란 게 고장이 날 수가 있나?'

호기심을 느낀 순간 도로 낙인이 떨리며 심적인 제약이 느껴진다.

템피스는 다시 한번 마음을 다잡았다.

'호기심은 금물이다.'

지금은 오직 살의에만 집중해야 할 시간.

"그대 역시 죽을지어다."

아크 리치가 오른손을 크게 휘둘렀다.

불길이 치솟아 해일이 되어 바로스를 뒤덮어 갔다.

바로스가 재차 푸른 투기검을 내려쳤다.

청색의 오러가 불길의 장막과 충돌해 오러 파문을 터트렸다.

콰아아아앙!

잠깐 버텼지만 오래가진 못했다.

푸르던 투기검이 도로 붉게 변하더니 그마저도 흐릿해진다.

바로스의 안색이 창백해졌다.

'크윽, 여기까진가?'

어쩔 수 없었다.

제아무리 왕년 세계 최강의 전사라도, 경험이 넘쳐흘러 경지가 하늘을 꿰뚫을지라도 한 가지만큼은 극복하지 못한다.

바로 시간.

회귀한 후 바로스가 자신만의 오러를 터득한 건 라피셀을 만난 이후다. 길어야 석 달이 채 안 되는 것이다.

심지어 기사 수련 자체도 시작한 지 1년이 조금 넘었을 뿐이다.

남들보다 몇 배나 빠르게 강해졌다 해도, 수행 시간이 몇 배 이상으로 적으니 결국 한계가 와 버렸다.

화르르륵!

점점 불길이 바로스를 덮쳐 간다. 이대로라면 불길에 휘말려 불타 버릴 지경이다.

"크, 크으윽!"

세라티가 자기도 모르게 몸을 날렸다.

"바로스 경!"

그녀를 본 바로스가 악을 써 댔다.

"무, 물러서요!"

자신도 버티지 못하는 강력한 마법이다. 그녀가 가세해 봐야 같이 불타 죽을 뿐인 것이다.

세라티도 순간 아차 싶었다.

바로스도 막지 못한 마법을 자신이 끼어들어 대체 뭘 할수 있다고?

하지만 이미 몸을 날렸고, 칼날은 불길을 향해 쏟아지고 있었다.

생각보다 몸이 먼저 움직이고, 몸보다 마음이 먼저 움직인다.

'어…….'

감각이 불타오르며 사지를 통해 흐른다. 시야가 확장되며 느낄 수 없던 것이 느껴진다.

불길에 검을 내려치는 세라티의 의식이 무심히 흘렀다.

'나 이런 경우가 예전에 있었던 것 같은데?'

뭐였지? 뭐였지? 뭐였지?

찰나의 순간, 한 줄기 빛이 그녀의 뇌리를 관통했다. 동시에 투기검이 불의 해일을 갈랐다.

콰아아아앙!

갈라진 불길이 예배당을 뒤덮어 간다. 굉음과 함께 발밑이 흔들린다.

"……세라티 경?"

바로스가 그녀를, 정확히는 그녀의 검을 보며 눈을 크게 떴다.

"대체 언제?"

세라티의 투기검이 찬란한 푸른빛으로 빛나고 있었다.

✳

푸른 투기검을 쥔 채 중얼거린다.

"그래, 이거였어……."

불처럼 강렬한 붉은 오러가 아니다.

강처럼 유유히 흐르는 온화한 푸른 오러다.

하지만 풍랑이 일어난 대해가 모든 것을 덮어 버리듯, 그 속엔 강렬한 파괴의 힘이 내재되어 있다.

바로스가 그녀의 육체를 잠시 차지했을 때 느꼈던 바로 그 감각.

틀림없었다.

지금 이 순간 그녀는 블루 나이트가 되었다.

기합을 터트리며 세라티가 뎀피스에게 돌진했다.

"타아아앗!"

전신에 힘이 넘쳐흐른다. 그 누구에게도 패하지 않을 것 같다.

찬란한 청색 검광이 허공을 수놓았다.

뎀피스 역시 마법으로 응수했다.

어둠의 장막과 푸른 투기검이 연신 충돌해 파공음을 울렸다.

콰콰콰쾅!

깜빡깜빡하던 바로스와 달리 그녀의 오러에는 흔들림이 없었다.

자격은 충분한데 여태 각성을 못했을 뿐이다.

일단 깨닫고 나니 순수한 청색으로 빛나며 꾸준히 파괴력을 유지한다.

[와, 좋겠다……]

그런 그녀의 모습에 바로스가 솔직하게 부러움을 표했다.

[역시 나이는 못 속이네?]

잘나가던 세라티의 공세가 잠시 흔들렸다. 지금 나이가 어쩌고 어째?

하지만 틀린 말도 아니긴 했다.

바로스가 거의 모든 부분에서 세라티를 압도하는 건 사실이지만, 딱 하나 그녀가 훨씬 우위인 부분이 있다.

바로 오러양.

일단 나이부터 25살이다. 육체를 단련한 기간부터가 월등히 차이 난다.

게다가 오러 각성을 스물 언저리에 했으니 오러 수련 기간만 해도 벌써 5년이 넘었다.

아무리 전생의 데스 나이트 로드 바로스라도 5년과 석 달의 격차는 좁히기 힘든 것이다.

그렇다고 나이 이야기가 기분 좋다는 건 아니지만.

'무시! 무시하자!'

바로스처럼 하늘에 닿은 경지와 경험은 없지만, 시간이라는 무시할 수 없는 자산을 바탕으로 세라티는 계속해 뎀피스에게 덤벼들었다.

땅을 박차고, 공중제비를 넘어 마법을 피하고 때론 흘리며 파괴적인 공방을 이어 간다.

"헛! 타앗! 타아앗!"

그녀의 일격이 뎀피스의 지팡이와 충돌했다.

이번 공격은 상당히 강했다. 지팡이 전체가 흔들리며 뎀피스가 한 걸음 뒤로 밀려났다.

하지만 그것이 전부였다.

"각성이라……."

심드렁한 어조로 뎀피스가 중얼거렸다.

"재미있는 광경을 목격하게 되었군."

신기하긴 해도 놀랍진 않다.

원래 오러 각성은 목숨이 오락가락할 때 제일 잘 일어나는 법이다.

"그래 봤자 청색급이 아니냐?"

아크 리치의 전신에서 무지갯빛 마력이 솟구쳤다.

사령력이 아닌 순수한 마나였다.

이내 방대한 마나가 지수화풍의 속성으로 변해 세라티의 사방을 감쌌다.

"우아아악!"

기세등등했던 그녀의 안색에서 급격하게 핏기가 빠져나갔다.

잠깐 밀어붙이는 줄 알았는데 곧바로 뎀피스의 공세가 강해졌다!

"큭! 으윽! 윽!"

쏘아지는 화염과 전격, 냉기를 억지로 흘리며 세라티는 연신 뒤로 물러섰다.

잠깐 사이 식은땀이 등을 적시고 있었다.

그런 그녀의 귀에 뎀피스의 비아냥거림이 들렸다.

"고작 블루 나이트가 9서클의 마스터를 어찌할 수 있을 것 같았느냐?"

각성 멋지게 한 것까진 좋은데, 그래 봐야 이제 갓 청색급이 되었을 뿐이다. 여전히 뎀피스와의 격차는 크다.

단지 바로스가 워낙 특이한 놈이다 보니, 세라티의 경우에도 혹시 몰라서 조심스레 상대했던 것이다.

애당초 워낙 조심성 많은 성격이기도 했고.

"혹시나 해서 살펴봤는데 별것 없더구나."

지팡이를 겨누며 뎀피스가 푸른 안광을 번뜩였다.

"그러니 이만 죽어라."

방대한 압박이 어깨를 짓누른다.

죽음이라는 두 단어가 절실히 와닿는다.

자기도 모르게 세라티가 뒷걸음질을 쳤다.

'이대로 죽는 거야? 이제 겨우 새로운 경지를 깨달았는데!'

그렇게 애써 공포를 버티고 있을 때.

"잘했어, 세라티!"

등 뒤에서 카르나크의 외침이 들렸다.

굉장히 흥분한 목소리였다.

"네가 우리의 구세주다!"

"네?"

세라티는 당황했다.

카르나크를 만난 이래, 그가 이렇게까지 자신을 인정하는
건 처음인 것 같았다.

곧바로 카르나크와 바로스가 눈빛을 교환한다.

'잠깐, 왜 전언 안 쓰고 굳이 눈빛으로?'

그러더니 바로스가 카르나크 곁으로 폴짝 뛰어가 머리를
숙였다.

순간 세라티의 뇌리에 과거의 일이 스쳐 지나갔다.

'……설마!'

역시 설마는 사람을 잡는 데 탁월한 능력이 있는 듯했다.

바로스의 머리에 손을 얹고 카르나크가 주문을 외운다.

"나의 권속이여, 정신을 열고 받아들여라!"

"야, 이 개새……."

그녀의 욕설은 도중에 끊어졌다. 대신 말투가 남자의 그것
으로 바뀌었다.

"오! 세라티 경 진짜 세졌네. 끝내주는데요!"

의기양양한 카르나크의 외침이 예배당을 가득 울렸다.

"가라, 세라 바로스!"

붉은 머리의 여인이 청색의 투기검을 가볍게 떨친다.

우우우웅!

그녀, 세라티의 육체를 차지한 바로스가 히죽 웃었다.

"여기서 힘 좀 더 주면……."

파아아앗!

눈부신 보랏빛 광휘가 예배당을 가득 밝혔다.

"자색급까지도 되는구만."

예전과 달리 세라티의 기량이 굉장히 높아졌다. 그런 만큼

무리를 더 해도 충분히 버틸 수 있는 것이다.

그 감각은 육체에 갇힌 세라티의 영혼에도 절실히 느껴졌다.

'이, 이것이 퍼플 나이트의 경지……'

황홀해하다 말고 그녀는 퍼뜩 정신을 차렸다.

지금 이런 것에 현혹될 상황이 아니었다.

'이래도 돼요? 이거 자꾸 하면 위험하다면서요!'

'당장 죽는 것보단 낫잖습니까?'

'그건 그렇지만……'

납득은 간다.

아까야 너무 느닷없어서 욕부터 박았지만, 생각해 보면 어차피 그 상태로는 다 죽을 판이었다.

살길이 있다면 어떻게든 찾아 나서는 것이 현명한 판단이겠지.

하지만 그래도 역시 허망하다.

'이번에는 진짜 뭔가 된 줄 알았는데! 스스로에 대한 자긍심도 느껴지고 그랬는데!'

그녀가 허망하건 말건 바로스는 신이 난 모양이었다.

"으하하! 이제야 좀 할 만하네!"

세라티의 육신이 뎀피스에게 돌진했다.

보랏빛 사슬이 연달아 풀리며 투기검이 허공에서 계속 늘어난다.

기존의 투기검을 오러로 계속 복사하는 것이다.

차르르륵!

아홉 줄기의 사슬검이 뎀피스의 사방을 점했다.

온갖 절묘한 공세가 아크 리치의 빈틈을 노리고 날아들었다.

"허!"

전방위로 마력 방패를 펼치며 뎀피스는 감탄을 흘렸다.

'이게 뭐지? 어떻게 이게 가능하지?'

아니, 이런 생각을 하면 안 된다.

'살의 유지, 살의 유지.'

애써 다짐하며 뎀피스도 마법으로 반격해 갔다.

하지만 이미 마법의 위력은 떨어져 있었다.

미치도록 궁금하다.

너무 궁금해서 도저히 호기심을 억누를 수가 없다.

'왜 저게 되는 거냐고? 응? 게다가 왜 익숙한 느낌마저 드는 건데?'

도로 낙인이 흔들리며 아크 리치의 공세가 현저하게 둔해졌다.

그리고 노련한 바로스는 그 틈을 놓치지 않았다.

[도련님!]

기다렸다는 듯 카르나크가 양팔을 들었다.

[알았다!]

자색급이 되었다 해도 여전히 9서클의 마스터를 상대하기엔 모자란다.

정확한 비교는 아니지만 보통 9서클의 마스터라면 은검기, 실버 나이트와 비견되는 것이다.

하지만!

[몸을 아끼지 않으면 이런 것도 가능하지!]

세라티가 울부짖었다.

'이 나쁜 놈들아! 내 몸이라고! 아끼라고!'

카르나크의 양손에서 그동안 모아 둔 사령력이 모조리 쏟아져 나왔다.

거대한 암흑이 허공에 뭉게뭉게 피어오르더니 이내 세라티의 육신을 뒤덮었다.

화르륵!

검은 불길이 치솟았다.

아리따운 여인의 등 뒤로 흉악한 칠흑의 날개가 펼쳐진다. 두 눈이 붉게 타오르고 사지에서 암흑의 뿔이 돋아나고 발치에선 그림자가 용암처럼 들끓어 오른다.

'이게 뭐야? 왜 내 몸에서 이런 게 나와?'

바로스는 대답해 주지 않았다. 대신 딴소리를 했다.

"이 정도면 오랜만에 데스 나이트 시절 기술을 쓸 수 있겠는데?"

'쓰면 어떻게 되는데요?'

세라티의 육신이 자세를 취한다.

거대한 살기가 한 자루 창처럼 아크 리치를 향한다.

'저기요? 왜 대답이 없어요?'

뎀피스는 경악한 상태였다.

'이, 이건!'

은검기의 경지에 필적하는 엄청난 암흑투기다. 이대로라면 정말 패배할 수도 있다.

'어떻게 이런 일이?'

그럼에도 그는 여전히 낙인의 흔들림을 막을 수 없었다.

저 마지막 외침이 증명하듯 끝내 호기심을 버리지 못한 것이다.

바로스가 한 발 앞으로 나섰다. 암흑이 빛처럼 흘렀다.

고작 한 걸음에 둘 사이의 거리가 제로가 되었다.

그대로 어둠의 검을 내리긋는다.

―역천의 검, 생사 가르기!

황금 지팡이가 박살 나고, 칠흑의 장막이 찢어지고, 어둠의 권능이 흩어진다.

모든 것을 갈라 버리는 바로스의 참격이 뎀피스의 가슴에 적중했다.

콰아앙!

부서진 아크 리치의 심장에서 무수한 어둠과 영혼이 뿜어
져 나오기 시작했다.

"크아아아악!"

다음 권으로 이어집니다

송장벌레 신무협 장편소설

귀신같은 창귀槍鬼가 돌아왔다,
때 묻지 않은 어린 시절의 몸으로!

피로 몸을 씻던 전장의 말단 독종
구르고 굴러 지고의 경지까지 올랐으나……

혈교의 혈겁을 막기 위한 회귀인가
의형제의 복수를 위한 회귀인가
알 수 없다
전생에서 그를 막던 모든 것을 치울 뿐

"내 의형의 가슴팍을 칼로 도려내기도 했고?"
"무, 무슨 소리야…… 그런 적 없어!"
"그런 적 있어. 기억은 안 나겠지만."

매 걸음마다 피도 눈물도 없는 전투
세상 모든 것이 그를 꺾으려 든다!